안동에서 캐나다까지, 글로벌 크리스천들의 신앙 이야기

지금 이 자리에서

경수경 김경아 김미옥 김영주 백미정
유명순 임미영 전숙향 조미선 홍효정

대경북스

지금 이 자리에서

1판 1쇄 인쇄 2024년 1월 2일
1판 1쇄 발행 2024년 1월 5일

발행인 김영대
펴낸 곳 대경북스
등록번호 제 1-1003호
주소 서울시 강동구 천중로42길 45(길동 379-15) 2F
전화 (02)485-1988, 485-2586~87
팩스 (02)485-1488
홈페이지 http://www.dkbooks.co.kr
e-mail dkbooks@chol.com

ISBN 979-11-7168-013-9 03810

지금 나는 뭐 하고 있는 거지?

이 책이 탄생할 수 있었던 질문입니다.

우연히 유명 연예인의 간증을 듣게 되었어요.

"하나님, 저는 죽어도 좋습니다. 저 사람은 살려 주세요. 이제 막 태어난 아기도 키워야 되고, 너무 착한 사람입니다. 저 데려가시고 저 사람은 살려 주세요."

도대체 어떤 믿음이면, 지인을 살리고 싶어 자신의 목숨을 담보로 하나님께 기도할 수 있을까 싶었습니다. 그리고 이내 질문이 탄생했습니다.

'지금 나는 뭐 하고 있는 거지?'

곧 사라지겠지 했던 질문은 일주일동안 저를 따라 다녔습니다. 어느 순간, 머리가 띵! 하면서 떠오른 생각이 있었어요.

'그래! 크리스천 작가님들과 신앙 책을 쓰자!'

저와 동행하고 계시던 작가님들 중, 하나님을 믿는 작가님들께 전화를 드렸습니다. 우리 함께 복음의 도구가 될 수 있는 책을 쓰자, 재능 기부로 진행한다, 작가님의 신앙 이야기는 많은 영혼 살릴 것이다, 대략적인 소개와 제 진심을 전했습니다.

그렇게 저를 포함해 열 명의 작가님들이 모였습니다. 매주 토요일 아침, 다섯 번의 줌 미팅으로 글을 쓰고 마음을 나누었습니다. 여러분도 아시다시피, 신앙생활을 하고 거룩함을 향해 나아가는 여정이 마냥 즐겁지만은 않잖아요. 다시는 소환하고 싶지 않는(던) 나의 죄를 들여다 볼 때면 언제나 그러했듯 괴로운 감정이 몰려 왔습니다. 하지만 그 괴로움마저도 축복의 통로로 사용하시는 하나님의 뜻에 순종하는 마음으로 묵묵히 글을 써 내려 갔습니다. 또한 즐거웠습니다. 지난 시간들, 지금의 시간들에 하나님께서 늘 함께하고 계셨음을 글로 쓰며 마음껏 기뻐했습니다. 앞으로 함께해 주실 하나님께 감사드리고 감격했습니다.

독자로 뵙게 될 여러분을 생각하며, 나눔 질문과 필사(베끼어 쓰다)할 문장을 창조했어요.

이제는 여러분 차례입니다.

그간 마음에 품고 기도하고 계셨던 분들의 두 손에 쥐여지는 책이 되길 바랍니다.

소중한 사람들에게 감사를 표현할 수 있는 선물이 되길 바랍니다.

무엇보다, 교회 지체들과 함께 신앙과 진심을 나누는 소통의 다리가 되는 책이길 바랍니다.

하나님께 죄스런 마음, 하나님을 향한 진심을 더 토해 내고 다시금 거룩함을 선택할 수 있는 책이 되길 바랍니다.

하나님께서 허락해 주신 '글'과 '말'을 도구 삼아, 하나님 나라를 확장시켜 갈 수 있는 여러분의 책이 되길 바랍니다.

겨우 공짜 식사나 얻어먹으려고 예수님을 찾아왔던 요한복음 6장의 무리 중 한 명이 쓴 책.

- 팬인가 제자인가. 카일 아이들먼 -

간간이 생각나는 글귀입니다. 매번 울컥합니다. 부끄럽지만, 하나님의 자녀로 잘 살아내고 싶어 하는 마음은 우리 모두 같다고 생각합니다.

'지금 나는 뭐 하고 있는 거지?'

이젠, 이 책을 읽으면 됩니다.
이젠, 이 책을 소중한 분들에게 선물로 건네주시면 됩니다.
이젠, 행동할 때입니다.

책으로 뵙게 되는 여러분,
축복합니다.
감사합니다.

지금 이 자리에서,
백미정

차 례

story 02. 재능 그리고 회개 : 감사와 교만 사이

story 03. 변화를 안다는 것 : 주님을 안다는 것

story 04. 감사합니다 : 장미와 장미꽃 가시 모든 것에

story 05. 하나님의 일기 : 보시기에 좋았더라

'책에 나오는 성경 구절들은 개역개정판을 참고했습니다.'

story 01.

갈등은 기회다 : 시험하고 확증하라

1.
나와 다른 생각을 가진 사람들

조미선

'계속 해야 할까? 그만 둬야 할까?'

후배 직원들과 함께 점심시간을 활용해 QT모임을 시작한지 6개월째. 그전엔 혼자 QT를 했었다. 후배 직원 한명이 "우리 함께해요."라고 말해서 시작한 모임의 멤버가 여섯 명이나 늘어났다. 어릴 때 교회를 다녔고 지금은 다니지 않지만 함께 해보고 싶다는 후배, 교회를 다녀보고 싶다는 후배도 QT모임 멤버가 되었다. 우리는 기쁜 일, 슬픈 일, 서로의 고민을 나누며 사이가 돈독해졌다. 회사생활도 더 열심히 하는 후배 직원들을 보면서 참 잘하고 있다고 생각했다.

여느 때처럼 점심시간에 QT모임을 하고 사무실로 들어왔다. 석 달 전 입사하신 임원이 나를 잠깐 보자고 하셨다.

"점심시간마다 직원들과 하는 모임 때문에 다른 직원들 사이에서 말이 나오고 있습니다. 직장 내에서 그렇게 편을 나누면 안 됩니다. 소외당하고 있는 직원들을 생각해보세요. 시간을 줄 테니 모임을 그만두세요.”

충격 그 자체였다.

다른 시간도 아니고 점심시간은 개인시간이 아닌가?

내가 무슨 편을 가르고 소외를 시켰단 말인가?

이게 왜 잘못인 거지?

회사에 방해가 되는 일도 아니고, 내가 왜 이런 말을 들어야 하지?

너무 억울하고 분해서 쏘아 붙이고 싶었지만 생각해 보겠다고 대답한 후 그 자리를 떠났다.

오후 시간이 어떻게 지나간 지도 모르겠다. 머릿속은 복잡했고 퇴근길에는 눈물까지 났다. 지인들께 상담도 해 보았지만 내 행동에 문제는 없었다. 시간이 지나면서 속상한 감정이 조금 누그러졌다. 그리고 임원이 하신 말씀을 다시 생각해 보았다.

내가 놓치고 있는 부분이 있을까?

내가 착각을 하고 있는 것이 있을까?

이 일을 어떻게 풀어가야 할까?

내가 임원의 말을 무시하고 모임을 계속 진행한다면 다른 직원들은 어떻게 생각할까?

아무 일 없었던 것처럼 후배들과 QT모임을 잘 이어갈 수 있을까?

마지막으로 중요한 질문 한 가지가 남아 있었다.

하나님께서 이 일을 통해 원하시는 것이 무엇일까?

일주일 후, 임원에게 찾아가 말했다.

"저는 앞으로 모임에 참석하지 않겠습니다. 그리고 QT모임의 부정적인 이야기는 하지 않으셨으면 좋겠습니다. 부탁드립니다."

그분도 알겠다고 하시면서 마무리가 되었다. 그 후 후배 직원들끼리 한 달 정도 모임이 유지되다가 자연스럽게 카카오톡 단톡방에서 이루어지는 모임으로 변경되었다.

벌써 5년 전 일이다. 이 글을 쓰면서 다시 생각을 떠올려 본다.

그 임원은 1년 전 회사를 떠나셨다. 그일 이후로 나는 예수님을 믿지 않는 후배들에게 더 관심을 가지게 되었다. 그때 경험 덕분에 나와 다른 생각을 가진 다른 사람들도 자연스럽게 인정하며 이해하려고 노력하는 마음이 더 커진 것 같다. 이것이 나를 향한 하나님의 뜻이 아니었을까?

오늘의 나눔　갈등하는 상황 속에서 우리가 제일 먼저 생각해야 하는 것은 무엇일까요?

갈등의 과정 속에서 우리는 배우고 깨닫게 됩니다.

2.

죄송해요

전숙향

어쩌다 캣맘(cat mom)이 되어, 2년 전 지역구 동물 복지 위원으로 활동하고 있을 때의 일이다. '길냥이 인식개선 캠페인'을 주제로 제안한 주민참여예산 사업이 선정되어 뿌듯함과 기쁨을 맛보고 있었다.

그런데 몇 가지 사업 중 가장 비중이 큰 버스 광고 문구를 결정하는 가운데 회원들의 의견이 분분했다. 불만을 토로하던 어떤 회원은 밴드에서 강제 퇴장을 당하기도 했다. 버스 광고 디자인을 결정짓는 단계에 이르러서는 사소한 오해가 생기더니 숨겨져 있던 각자의 본성이 드러났다. 상대방은 자신의 불편한 감정과 생각을 고스란히 나에게 전달했다.

'내가 이런 소리까지 들어가며 이 일을 꼭 해야 하나?'

'밴드에서도 탈퇴해 버릴까?'

'모든 활동을 중단하고 이 사람들과 관계도 끊고 싶어.'

그러나 이러한 생각들도 잠시였다.

나를 화나게 만들고 억울하게 했던 그 사람은 내가 교회에 다니고 있다는 걸 알고 있었다. 나의 감정 때문에 중간에 일을 그만두거나 좋지 않은 인식을 심어주어 교회와 하나님을 믿는 기독교인들을 향한 비난거리가 되면 안 될 일이었다. 다음날 그 사람에게 전화를 걸어 먼저 사과를 했다.

"제가 생각이 짧았었나 봐요. 죄송해요."라고 나의 진솔한 마음을 전하고 나니 모든 상황과 감정이 편안해졌다. 상대방도 "저도 오해를 한 것 같아요." 하고 바로 수긍을 해 주었다.

그 후, 2년이 지난 지금까지도 유기된 동물을 구조하거나 생명을 살리는 일에 서로 도움을 주고받는 관계를 지속하고 있다. 얼마 전 함께 식사하고 차를 마시며 복음을 전하기도 했다. 하나님을 믿는 사람들에 대한 좋은 감정이 생겨 하루 빨리 예수님을 믿게 되면 좋겠다.

내 생각과 감정을 넘어 가장 우선순위에 두어야 할 것은 하나님의 존재임을, 이 글을 쓰며 다시금 새겨 본다.

오늘의 나눔   좋지 않은 감정을 참지 못해 내뱉은 말이나 잘못된 행동 때문에 전도를 할 수 있는 기회를 놓쳤거나 관계가 소원해진 경험이 있나요?

하나님은 모든 회개를 다 받아 주십니다.
중요한 것은, 회개 후 내 삶에
변화가 있느냐 없느냐입니다.

3.
내 잘못이 아니야

김미옥

'경찰을 불러야 하나?'

비가 부슬부슬 내리던 6월의 어느 토요일 오후, 나는 이사 온 아파트 앞에서 옮기다 만 이삿짐을 쳐다보며 마음속으로 생각했다. 우리 가족은 2년 동안 살던 캐나다 '해밀턴'을 떠나 서쪽으로 3시간 떨어진, 미국 디트로이트와 국경을 마주 보고 있는 '윈저'라는 작은 도시로 이사를 왔다. 그런데 짐을 거의 다 옮길 때쯤 평생 잊지 못할 황당한 일이 벌어졌다.

"너희는 오늘 엘리베이터 사용을 허락받지 못했어. 여기 있는 짐 다 밖으로 가지고 나가. 옮긴 짐들도 다 빼도록 해. 안 그러면 경찰을 부를 거야."

자신을 관리 대행자라고 말하는 60대 이탈리아인 할아버지가 격양된 목소리로 이삿짐을 나르는 사람들에게 소리를 질렀다. 옆에 있던 남편이 몇 마디 다퉈보다 결국 집주인에게 전화했다. 집주인 다니엘은 이 아파트의 관리 대행자 할아버지를 이기지 못하고 우리에게 짐을 옮겨야 한다고 했다.

'뭐? 이게 무슨 말도 안 되는 일인가? 이사가 장난인가?' 갑자기 밀려오는 피곤함과 허탈감, 절망감에 나도 모르게 단호하게 집주인에게 말했다.

"나는 짐 못 빼. 새벽부터 지금까지 일해서 너무 피곤하고, 내 집에 짐을 못 옮긴다는 것도 황당할 뿐이야. 이런 식이면 나도 경찰 부를 거야."

"미옥, 내가 가서 짐 옮겨줄게. 너는 경찰 불러서 해결할 수 있을지 모르지만, 집주인인 나는 문제가 생길 수도 있거든. 미안하게 됐는데, 내가 모든 비용 부담할 테니까 짐을 다른 트럭에 싣자."

경찰을 불러서라도 이사를 마치고 싶고 저 나이 든 할아버지를 이겨버리고 싶은 마음이, 집주인한테 문제가 생긴다는 말에 누그러졌다. 나는 이삿짐과 함께 비를 맞으며 집 앞 계단에 주저앉아 생각했다.

'이 일을 어떻게 해결하는 게 옳을까?' 이윽고, 나는 하나님을 믿는 사람인데 다른 사람에게 피해를 주어서는 안 된다는 결론을 내렸다.

사실 이번 이사는 그냥 이사가 아니었다. 우리는 하나님의 인도하심을 따라 이곳에 왔다. 그런데 시작부터가 좋지 않다니, 하나님의 뜻을 찾기가 어려웠다. 내가 어떻게 할 수 없는 상황에 가만히 앉아 집주인을 기다려야 하는 것도 힘겨웠다. 결국 집주인과 그의 여동생이 와서 남아있던 짐들을 트럭에 싣고 우리를 대신해 관리 대행자와 싸워주었다. 결국, 이사를 멈추기로 했다. 하지만 옮긴 짐을 빼지는 않아도 괜

찾았다. 우리는 그날 밤, 이사 온 집 대신 호텔에서 자야 했다.

다음날 아침이 되었다.

"저 관리자, 미쳤나 봐. 왜 엘리베이터로 짐을 옮기지 못하게 하는 건지 모르겠네." 툴툴거리면서 짐을 옮기는 한 아저씨를 보았다. 어제 그 관리 대행자 할아버지가 다른 사람에게도 엘리베이터 사용을 미리 허락받아야 한다고 이삿짐을 옮기지 못하게 하는 모양이었다.

나는 어제보다 한층 마음이 누그러져 있었다. 그리고 생각했다. '그래, 나에게 일어나는 안 좋은 일들이 내 잘못만은 아니야. 지금은 이 일의 의미를 잘 모르겠지만 언젠가는 깨닫는 날이 오겠지.'

이 글을 쓰면서 성경의 아브라함이 떠올랐다. 아브라함이 약속의 땅 가나안에 처음 들어갔을 때 기근을 만나지 않았던가. 약속의 땅에도 기근은 있었다. 그렇게 하나님을 믿는 사람들, 하나님의 뜻을 따라가는 사람들에게 예상치 못한 어려움이 생길 수도 있다. 그리고 그것이 나의 잘못 때문만은 아니다.

내 생각보다 훨씬 큰 하나님의 뜻은 분명 명확하실 테니, 그 믿음으로 나에게 주어진 삶을 잘 살아가면 되는 것이다.

오늘의 나눔 억울하고 황당한 일을 당했을 때, 맨 처음 드는 생각과 맨 마지막에 드는 생각은 무엇인가요?

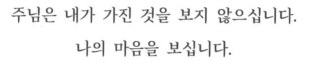

주님은 내가 가진 것을 보지 않으십니다.
나의 마음을 보십니다.

4.
조금만 더 참을 걸

유명순

요양보호사 일을 하고 있다. 어르신들을 송영하고 컵들을 세척하고 있는데, 직장 동료인 선생님이 나에게 말했다.

"청소기 돌려야 하는데 어떻게 하죠?"

'자기가 돌리면 되잖아! 지금 내가 컵을 세척하고 있는데, 왜 이런 말씀을 하시는 거지?' 기분이 조금 언짢았지만 차분하게 답했다.

"저는 지금 컵을 닦고 있으니 선생님께서 해 주시겠어요?"

어르신들을 돌봐 드리고 소소한 청소거리들을 마무리 짓고 나니 피곤함이 밀려왔다. 조금 쉴까 싶어 소파로 갔다. 소파에 앉아있던 선생님은 또 나에게 말했다.

"청소기를 빨리 돌려야 하는데요." 아, 이제는 좋지 않은 기분을 숨길 수 없었다. 나는 퉁명스런 말투로 말했다.

"5분만 쉬고 할게요." 돌아오는 선생님의 답이 나의 말문을 막히게 했다.

"청소기를 빨리 돌려야 물걸레 청소를 할 수 있어서요." 1분 정도 쉬었으려나? 나는 소파에서 일어났다.

화장실 청소를 하며 선생님은 다른 선생님에 대한 불만을 나에게 이야기했다. 조금 전 일도 그렇고, 피곤함과 짜증이 겹쳐 듣기 거북했다.

"그 분에게 직접 가서 이야기해 주시는 게 좋겠어요."

"에휴, 그 분은 제 이야기를 듣지 않아요."

'그럼 나는 뭐, 듣기 좋아서 고분고분 선생님 말을 들어준 줄 알아요?' 나는 속으로 구시렁댔다.

퇴근 준비를 하는 시간. 난 내일 출근을 하지 않는 날이라서 내 앞치마를 세탁하고 퇴근하는 게 낫지 싶었다.

"먼저들 가세요." 하루가 길구나.

앞치마를 세탁하고 건물을 빠져 나오니 동료들이 나를 기다리고 있었다.

"아까는 미안했어요. 해야 할 일만 생각하고 선생님 입장을 배려하지 못했어요." 선생님이 나에게 사과를 했다.

"제 일을 마치고 조금 쉬려고 하는데 연이어 일거리에 대해 말씀하시니 화가 났어요." 나도 내 마음을 솔직히 전했다.

"그래요. 무더운 여름, 우리 서로 잘 맞추어 나갑시다." 훈훈한 마무리였다.

지금 생각하니 선생님께 미안하다. 선생님이 사과를 건넸을 때 나도 미안했다고 말할 걸 싶었다. 그 날 선생님께는 집안 사정이 생겨 일을 빨리 마무리하고 가 봐야 하는 상황이었단다. '듣기는 속히 듣고 말하기는 더디 하며 성내기도 더디 하라.' 성경 말씀을 기억할 걸, 조금만 더 참을 걸, 후회하고 또 후회했다.

그때 나의 후회가 성장의 밑거름이 되었음 한다.

오늘의 나눔 오늘 여러분은. 어떤 감정이 제일 많이 들었나요?

해 아래에 새로운 것이 없습니다.

그러나 나의 마음은 성령님이 만져 주셔서

늘 새롭게 창조되어 갑니다.

5.
그 해 저녁이 지금이라면

백미정

'갈까 말까?'

여름을 닮은 듯 가을을 닮은 듯 미묘한 바람이 불던 저녁 7시 무렵, 나는 집 근처 필라테스 학원 건물 앞에 서 있었다. 지난주에 이어 오늘도 전화를 드렸는데 부재중에 무응답인 여기를 말이다. 답답한 마음이 들었지만 조심스레 노크를 한 후 문을 열고 미소를 지었다.

"안녕하세요? 상담 좀 받고 싶어서요."

수업 중이던 필라테스 강사는 고개를 돌려 내 얼굴을 쳐다보더니, 팔로 엑스 자를 크게 만들었다. 새로운 인사법인가?

"지금은 수업 중이라 안 돼요. 8시 이후나 되어야 해요."

'그래서? 언제 상담 받기 편한지 고객인 나한텐 안 물어보니?'

"네. 전화를 안 받으셔서 찾아왔어요."

마음 속 대답과 달리 최대한 예의를 갖추기 위해 화를 누르며 목례를 하고 나왔다.

'뭐 이런 데가 다 있어?'

고객 전화에 응대를 하지 않은 것도 그쪽이고요,

인사를 건네지 않은 것도 그쪽이고요,

언제 상담하는 게 괜찮은지 고객한테 물어보지 않은 것도 그쪽이에요.

그런데 내가 잘못한 것 같은 기분이 드는데, 이건 어떻게 설명이 가능할까?

'무시 받은 기분이야! 분해! 가서 따져야겠어!'

그때 나를 지배했던 감정과 생각이다.

'고객으로서 내 권리에 대해 따지고 화냈다 치자. 누군가 전도를 해서 우리 교회에서 저 사람과 내가 마주쳤다 치자. 그 뒤엔 어떻게 되는 거지?'

나의 분함을 마음 가는대로 표출한다면 상대방이 하나님을 알아가는 데 방해가 될 것 같다는 결론에 도달했다. 그 전에 교회를 떠날지도 모를 일이다. 나는 천천히 한숨을 쉰 후 집으로 돌아갔다.

몇 개월이 지난 지금, 글을 쓰며 나를 돌아본다.

가식과 위선이 필요할 때도 있다. 복음에 방해될까 봐 한 번 더 참고 생각한 건 잘했다. 하지만 상대방에게 좋은 사람이라는 인상을 남기기 위해 무력함을 겸손으로 포장하여 나의 생각과 감정을 억누르며 뒤돌아서서 혼자 화내는 것은 좋지 않은 방법이었다. 진실한 소통을 목적으로 하되, 예의바르고 당당하게 나를 표현할 수 있는 내가 되고 싶다.

그때로 돌아간다면 나의 바람을 필라테스 강사에게 정중히 이야기할 수 있을 것 같다.

"상담 가능한 제 스케줄을 물어봐 주시거나, 부재중 전화에 재응답이 있었으면 하는 바람입니다."라고 말이다.

아니면, 분을 느끼지 않는 경지의 사람이 되어 있기를.

오늘의 나눔　　지금 여러분이 겪고 있는 갈등이 시간이 지나고 나면 어떤 선물이 되어 있을 것 같나요?

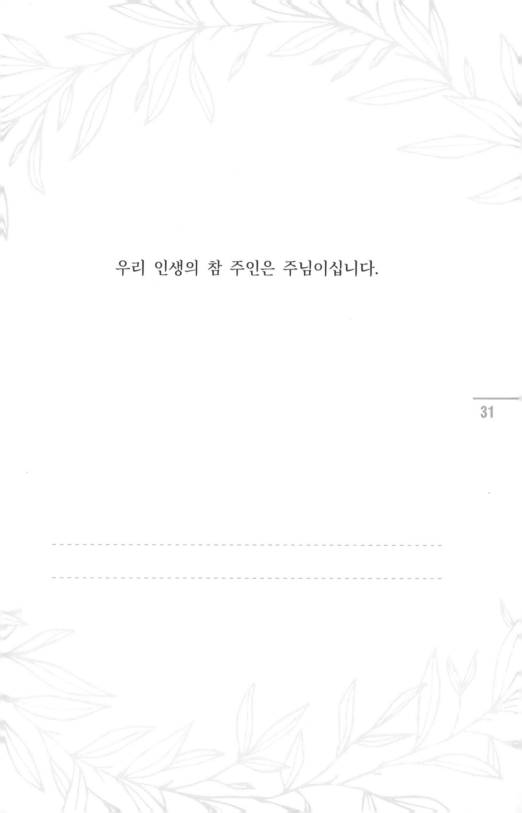

우리 인생의 참 주인은 주님이십니다.

6.
나는 어떤 모습일까?

김영주

나는 에스토니아에 살고 있다.

동료의 지인이 나와 새로 오신 세종학당 선생님들을 집으로 초대해 주셨다. 그곳에는 현지에서 사업을 하시는 한국인들도 계셨다. 동료의 지인은 음식을 푸짐하게 준비해 주셨고 우리는 맛있게 먹으며 많은 이야기를 나누었다.

"거기 한인교회에 안 나가면 안 돼요? 요즘은 집에서 혼자 예배드리는 사람들도 있잖아요. 거기 교회 다니는 사람들, 너무 안 좋아요."

"저는 사람들 만나러 가는 게 아니에요. 하나님을 만나러 가는 거예요. 그리고 저는 주일 성수가 중요해요. 교회에 가서 예배를 드려야 일주일을 살아갈 수 있거든요."

'교회에 다니는 분들과 안 좋은 관계와 감정을 가지고 왜 나의 신앙생활까지 간섭하는 거지? 그리고 나를 처음 만난 자리에서 할 이야기는 아닌 것 같은데….'

마음이 복잡했다. 그리고 씁쓸했다. 그 분이 교회에서 무슨 일이 있었던 건지 알 수 없었고 지금도 알고 싶지 않다. 하지만 그 분의 말이 세상이 교회를 바라보는 모습 같아서 마음이 아팠다.

그 분과는 다시 만날 일이 없었다. 그리고 사람들을 통해 교회에 관한 많은 이야기를 듣게 되었다. 또 다시 복잡한 감정이 소용돌이쳤다. 내가 보는 교인들의 모습과 들려오는 이야기들은 너무 달랐다. 사람들은 보고 싶은 것만 보고 듣고 싶은 것만 듣고 기억한다. 그래서 나는 들려오는 모든 이야기를 진실이라고 믿지 않았다. 하지만 아니 땐 굴뚝에 연기가 날까 싶기도 하다.

'하나님, 주님은 알고 계시죠. 진실이 무엇인지요. 세상의 말에, 사람들의 모습에 제 믿음이 흔들리지 않게 붙잡아 주세요. 오직 주님만 바라보게 해 주세요. 그리고 하나님께 사랑받는 교회되게 해 주세요.'
끊임없이 반복했던 기도였다.

"주님 내가 여기 있사오니 나를 써 주소서. 나의 맘 나의 몸 주께 드리오니 날 받아주소서."
나는 단단한 무장이 필요했다. 그래서 24시간 극동방송을 듣기 시작했다. 운동할 때, 밥 먹을 때, 이동할 때에도 극동 방송과 함께 했다. 그렇게 무장을 하니 오직 하나님만 바라볼 수 있게 되었다. 하나님과 대화를 할 수 있었고 하나님의 위로를 받고 기쁨을 느꼈다. 힘든 시간이었지만 그 일을 계기로 나는 하나님과 더 가까워질 수 있었다.

'믿는 자로서 나는 어떤 모습일까?'

늘 생각하며 마음을 조심하게 된다. 그리고 하나님의 자녀답게 살아가기 위해 찬양과 기도와 말씀을 떼어놓지 않으려고 노력하고 있다. 하나님, 오늘도 저를 도와주세요!

오늘의 나눔 지금 내 모습을 보고 하나님께서 무어라 말씀하실 것 같나요?

이 세상에 태어난 것, 이 세상을 살아가는 것,
기적과 은혜입니다.

7.
다짐

홍효정

'말을 할까 말까?'

건설 회사에서 근무했던 적이 있다. 일이 안 풀려도 한 잔, 잘 풀려도 한 잔, 술을 즐겨하는 사람들과 한 부서에서 일을 했다. 공들여서 준비한 공사 수주를 따 냈던 날도 당연히 부서 회식이 있었다.

"오늘 저녁 회식은 한 사람도 빠지지 말고 다 참석해. 부사장님 말씀이야."

입사한 후 처음으로 크게 이루어 낸 공사 수주는 기쁘고 의미 있는 일이었다. 회식 장소도 유명한 쇠고기 집으로 잡아 놓았다. 여직원은 부사장님의 비서 언니, 같은 부서에서 일하는 선임 언니 그리고 나뿐이었다.

부어라 마셔라, 하는 분위기가 낯선 나에게는 어려운 자리가 아닐 수 없었다. 함께 건배를 외치는 자리에서 나는 술 대신 물을 따라 마시는 시늉을 하며 시간을 보낼 수밖에 없었다.

문제는 나와 가까이 앉아 있던 직원들의 비난 어린 말투였다. 술에 취해 있던 직원들은 그 와중에도 내가 술을 마시지 않는 이유를 물어보았다. 나는 교회를 다니고 있다고 그래서 술을 마시지 않는다고 말했다. 자신도 예전에 교회를 다녔다며 예수님도 포도주는 먹었다며 얄밉게 성만찬에 대한 이야기를 하는 직원이 있었다. 화가 났지만, 꾹 참았다. 무어라 표현하기 힘들 만큼의 조롱과 멸시를 당했다.

며칠 뒤, 나에게 비아냥거렸던 직원은 회식자리에서 있었던 일에 대해 사과했다. 그날 정말 화가 많이 났지만 잘 참아냈던 내가 하나님 앞에서 자랑스러워졌다. 그런 일이 있은 후, 회식 때마다 나에게 권해지는 술은 그 직원이 다 막아주거나 마셔주었다. 그리고 나에게만큼은 술을 권하지 않았다.

'말을 할까 말까?' 고민했던 순간은 있었지만 용기 내어 교회에 다닌다고 말했던 나를 보며 하나님께서 칭찬해 주시는 것 같다. 그 뒤나는, 회사에서 크리스천으로 살아가면서 많은 부분을 감당하며 책임감도 느끼게 되었다. 나의 말과 행동을 되돌아보며, 나의 부족한 모습 때문에 사람들이 하나님께로 나아오는 것을 막아서는 안 되겠다 다짐도 했다.

함께 회사생활을 했던 분들이 지금도 어느 자리에서든 내 칭찬을 한다는 것을 전해들을 때면, 모든 것이 하나님의 은혜임을 다시금 감사하게 된다.

늘 하나님께 영광 돌리는 마음으로 말하고 행동하기, 평생 잊지 말아야 할 것이다.

오늘의 나눔　크리스천이라는 이유로 난감한 상황을 맞이했던 적이 있나요?

죄를 지었는데 아무 일도 일어나지 않는다는 것은
결코 좋은 일이 아닙니다.

- -

- -

8.
기도하게 하셨다

경수경

매년 12월이면 재직 상담을 한다. 지난 한 해를 돌아보는 시간을 통해 교사도 원장도 함께 생각해 봐야 하는 일이 있다. 내년에도 동행하는지 여부이다. 그런데 해마다 고민하게 하는 교사가 있었다. 학부모님들과 관계가 좋았던 교사였고, 엄마들에게 인기가 있는 교사였다. 교사가 떠나면 아이도 놀이학교를 그만 두겠다며 학부모님들께 협박 비슷한 말도 들었다. 그런데 내가 고민할 수밖에 없는 이유는, 엄마들에게만큼 아이들에게도 좋은 교사인지 늘 의문이었기 때문이다.

즉흥적으로 수업을 준비하는 일이 많았다. 그러다 보니 아이들에게 양질의 좋은 교육이 전달될 수 없었다. 동료교사들과의 업무 실행 면에서도 자신의 관점이 중요했던 터라 협업이 어려운 교사였다. 학부모님들은 이런 상황을 전혀 몰랐기 때문에 교사의 보이는 부분만으로 판단하고 신뢰하며 자녀를 맡기고 싶어 하셨다.

첫 출근하는 신입교사는 모든 게 낯선 상황이다. 기존 교사들이 자신을 친절하게 대해 주었으면 하고 기대하는 마음이 드는 건 당연하다. 3월 한 달을 마무리하는 어느 날이었다.

"원장님, 저 그만두어야 할 것 같아요."

입사한지 한 달도 안 되었는데 퇴사하겠다는 신입교사가 나에게 면담을 요청했다.

"선생님, 무슨 일 있어요? 새 학기 시작한지 얼마 되지 않았는데 그만 두고 싶은 이유가 있을 것 같아요."

신입교사와 저녁식사를 함께 하며 이야기를 나누었다. 새 학기의 교사 교체는 원의 이미지를 실추시키는 일이었기 때문에 원장인 나로서는 교사를 설득해야만 했다. 근무 시 애로상황 뿐만 아니라 개인적인 고민도 들어주고 싶었다. 한참동안 이야기를 들어보니 예상했던 일이 벌어졌다. '다음 해는 같이 갈 수 있을까?' 매해 고민하게 했던 그 교사로 인해 신입교사가 퇴직까지 고민하게 된 것이다.

나는 1년의 시간이 어떻게 펼쳐질지 눈앞이 깜깜해지는 것 같았다. 이제 3월인데 1년을 또 교사들 눈치를 보며 설득을 하며 가야 한다는 말인가? 어떻게 버틸 수 있을까? 하루하루 고민의 연속이었다. 함께 일하는 교사들에게 아무런 이유 없이 모멸감을 주는 그 교사의 말과 행동은 거의 치료 수준이었던 것 같다.

'왜 나는 저 교사에게 그만두라는 말을 못 하는 걸까?'

'나는 왜 이리 못났을까?'

정당한 사유가 있음에도 교사의 사직을 말하지 못하는 내 모습에 화가 났다. 바보 같은 나 자신에게 화살을 쏘기 시작했다. 시간이 얼마나 지났을까? 나는, 교사에게 권고사직을 하라고 말해야겠다는 결심에 이르게 되었다. 놀이학교를 위해서도 나 자신을 위해서도 함께하는 우리 모두를 위해서도 그 교사와 이대로 함께 가는 것은 아니라는 판단을 내렸다.

'내일 그 교사가 출근하면 동료 교사들을 통해 전해 들었던 내용과 그동안 내가 느꼈던 것, 보았던 것들을 말해야지.' 마음을 정리했다. 다음날이 되었다. 퇴근 무렵에 꺼내야 하는 말이라 하루가 무척 길게 느껴졌다. 원장실에서 기도로 하루를 보냈다.

"하나님, 저 교사가 저에게 온 이유를 깨닫게 해주세요."

"하나님, 저 교사를 하나님의 시선으로 보게 해주세요."

기도를 마치고 그 교사와 긴 대화를 나누었다.

어느덧 10년이라는 시간이 흘렀다. 이제 그 교사는 나와 함께하지 않는다. 자연스러운 어느 때, 자연스럽게 우리는 헤어짐을 맞이했다. 시간이 많이 지난 만큼, 그때 내가 했던 고민과 불편한 감정은 소멸되었다.

당시 불안과 두려움에 사로 잡혀 있던 나는 그 시간을 보내면서 사람과 상황을 보는 시선이 성장한 것 같다. 이제는 이렇게 고백하게 된다.

'그 교사가 진즉에 떠났더라도 아무 일이 없었을 거야. 그 교사가 나에게 온 것은 하나님께 온전히 기도드리며 하나님의 뜻과 하나님의 존재만 바라보라는 계획하심이었어.'

하나님은, 조금 더 넓고 깊은 위치에서 상황을 판단하지 못했던 나의 지혜 없음을 깨닫게 하셨다. 그리고 기도하게 하셨다. 하나님을 의지하게 하셨다. 모든 상황 속에서 하나님만을 바랄 수 있게 해 주신 뜻을 이제라도 알게 되어 감사하다.

　사람과의 관계, 중요하다. 변화보다 지속이 중요할 때가 있다. 그러나 그 어떤 것도 하나님께서 주시는 믿음과 지혜보다 우위에 있을 순 없다. 때로는 어려운 말을 전하고 판단을 내려야 하는 것이 나의 역할 중 하나임을 알고, 앞으로도 하나님께서 허락해 주신 위치에 걸맞게 생각하고 행동하는 내가 될 수 있도록 늘 기도해야 겠다.

오늘의 나눔　　하나님께서 나에게 요구하고 계신 지혜는 무엇일까요?

하나님의 계획에 동참하는 우리가 됩시다.

9.
하나님의 성품에 집중하여

김경아

'춥다. 안은 따뜻하겠지?'

'지금 들어갈까? 아직 시간이 좀 남긴 했는데….'

새해가 시작된 지 1주일이 지난 1월 둘째 주. 집에서부터 50여 분을 차로 달려 왔다. 지금의 근무처 후문 주차장에 시동을 켠 채, 약속 시간이 조금 남았는데 어떻게 할까 고민을 하고 있었다. 어떤 남자분이 다가와 나에게 질문을 건넸다.

"누구시죠? 유치원에 방문하신 건가요?"

"안녕하세요? 저는 오늘부터 출근하기로 한…." 내 말이 끝나기도 전에 "아! 안녕하세요?"하며 반갑게 맞이해 주신 분은 이사장님이셨다.

이사장님께서 함께 일할 동료를 소개해 주겠다며 전화기를 든다. 전화기 너머로 목소리가 들린다.

"바빠서 못 내려가요. 오늘 연수인 선생님들 수업을 제가 대신 해야 해요."

"그래도 잠시 내려오시죠?"

얼마 뒤 원장실로 내려온 선생님은 나에게 눈길도 주지 않고 고개를 숙여 "안녕하세요?" 인사했다. 옆 반 선생님께 아이들을 맡기고 와서 가 봐야 한다며 휙 사라졌다. '뭐지? 이건 아니잖아. 아무리 바빠도 그렇지.' 생각과 감정이 복잡했다.

무시. 어긋난 만남. 성격. 표현의 방법. 상식. 이해 안 됨.

여러 가지 단어들이 떠오르며 멍하니 서 있다가 의자에 앉아 차 한 잔을 마셨다. '퇴근까지는 아직도 시간이 많이 남아 있는데 오늘 하루를 어떻게 보내지?'라는 생각이 들자 불안함이 산처럼 커졌다.

몇 년이 지난 지금, 이 글을 쓰며 그때의 시간을 돌아본다. 선생님의 옳지 않은 행동에 나의 불쾌했던 감정을 말이나 행동으로 표현했다면 어떻게 되었을까? 그분의 진짜 마음이나 사정을 모르면서 나만의 판단으로 똑같이 감정을 나타내는 표정이나 언어를 표출했다면 어떻게 되었을까?

그래. 순간 이해되지 않은 일을 경험했다고 해서 일시적인 감정에 휘둘리는 것은 지혜롭지 못한 행동이다. 상대방의 입장을 조금 더 헤아려 보기 위해 노력하지 않고 내 마음대로 판단하고 표현하는 것 또한 지혜가 부족함이다. 예수님께서 공동체 안에서 보여주신 사랑을 떠올리며 평온함을 선물 받는다.

살아가며 인간적인 감정이 앞서는 순간들이 많다. 나의 감정과 판단을 우선시하고 싶은 마음, 상대의 입장을 이해하기보다 나의 존재 가치를 인정받고 싶어 하는 내면의 소리로 갈등의 연속이다. 그렇지만 내가 느끼는 불쾌한 감정을 그럴싸하게 포장된 언어로 말하지 않고 예의바르고 진솔하게 전달하거나, 다시 한 번 더 상황을 정리해 보는 성찰의 태도를 선택한다면, 후회 없이 아름다운 만남이 될 수 있을 것이다.

나의 인간적인 판단과 감정이 더 앞섰음을 알았기에 하나님의 성품에 집중하여 이제는 내가 나를 풀어 주려 한다. 마음과 일치된 언어로 본이 되어 주신 예수 그리스도를 기억하며, 단 한 순간도 나를 떠나지 않는 주님을 항상 떠올리며, 오늘도 그분께 묻고 또 물어볼 것이다.

"주님, 저 잘 살고 있는 거 맞죠?"

오늘의 나눔   요즈음 하나님께 어떤 질문을 자주 드리나요?

나는 연약하고 보잘 것 없지만,
이런 나를 사용하시는 하나님은
실패하지 않으십니다.

10.
이중 주차에서 이웃 초청으로

임미영

'전화를 이렇게 안 받으면 어쩌란 거지?'

작은 아이를 학원에 데려다 줘야 하는 상황. 주차해 놓은 차를 빼야 하는데, 누군가 내 차 앞에 이중 주차를 해 놓고는 전화를 받지 않았다. 겨울 날 대충 입고 나온 얇은 옷도 내 걱정에 한 몫 했다. 진눈깨비까지 날려 공기가 더 차갑게 느껴졌다. 나도 모르게 몸이 떨렸다. 어쩔 수 없이 아이와 택시로 이동했다.

더 중요한 일이 있었다면, 무척 곤란했을 것 같다. 일단 차주에게 내 문자를 확인하면 연락 달라는 메시지를 남겼다. 그 분은 연락이 오지 않았다. 오후에 내 차를 가지러 갔을 때 그 분 차는 보이지 않았다. 연락이라도 남겨주셔야 하는 거 아니냐고 문자를 남기려다 관두었다.

두어 달쯤 지났을까? 오후 예배를 드리고 있는 중에 사모님께서 살그머니 다가오셔서 내 차량 번호를 물어보셨다. 주차 때문인가 싶어 얼른 달려 나갔다. 얼굴을 잔뜩 찌푸리고 허리춤에 한쪽 손을 얹은 남자분이 서 있었다. 견인조치 하려다 교회에 와 보신 거라며 말이다. 나는 그 분의 표정을 보고 몸과 마음이 경직되었다. 사과의 말씀도 제대로 전하지 못했다. 차를 빼는 순간에도 심장이 빠르게 뛰고 있었다.

다시 교회로 돌아와 늦게 휴대폰을 꺼내어 부재중 전화를 확인했다. 지난 겨울날 연락이 되지 않았던 그 분이었다. '이중주차'로 번호를 저장해 두었다. 너무 답답하고 짜증이 났다. 하지만 내 감정을 표현하면 나중에 후회할 것 같아 꾹 참았다. 내가 주차해 놓은 장소가 교회 근처였기 때문이기도 했다.
'앞으로도 이곳에 자주 주차를 하게 될 텐데…. 마음이 평안하지 않을 땐, 입을 다물자. 침묵하자.'

그 뒤 나는 사과의 말씀과 함께 '이중주차' 분에게 커피 쿠폰을 선물로 보내드렸다. 고맙다는 답문이 왔다. 이제는 오고 가며 마주치는 일이 여러 번 생기면서 목례를 나눌 수 있는 이웃이 되었다.
최근엔 지난 겨울날의 사연을 편히 말씀드렸다. 그 분은 기억이 난다며 나에게 미안하다고 하셨다. 교회 행사인 '이웃 초청 잔치'때 꼭 초대해 보려고 한다. 이제 그 분의 휴대폰 번호를 '이중주차'가 아닌 '이웃 초청'이라고 저장해 두어야겠다.

오늘의 나눔

오늘 내 마음을 편히 나누어 보고 싶거나, 커피 선물을 보내고픈 사람이 있나요? 이유는요?

늘 새로운 인생길이기에
늘 새로운 은혜를 경험해야 합니다.

story 02.

재능 그리고 회개 : 감사와 교만 사이

1.
이제는

조미선

"주간계획표를 어쩜 이렇게도 잘 쓰세요? 편히 읽히는 일기 같아요."

"시간관리 하는 방법을 배우고 싶어요."

"분류해서 정리를 참 잘 하시는 것 같아요."

나의 바인더를 보면 사람들이 놀라며 묻는다. 나는 부끄럽게 웃으며 말한다.

"아니에요. 오래 쓰다보면 누구나 이렇게 쓸 수 있어요."

직장생활을 하면서 후배들에게 관리업무 매뉴얼을 남겨주고 싶었다. 그렇게 시작한 시간기록이 4, 5년간 쌓이다 보니 업무매뉴얼과 분류하여 정리하는 방법까지 얻게 되었다. 그리고 그 경험을 바탕으로 사업가들의 컨설팅을 1년 정도 해 드렸다. 수익이 생기면서 일에 대한 자신감도 생겼다. 이제는 내가 좋아하는 일을 사업화하여 충분히 독립할 수 있을 것 같다. 내가 정말 대견스러웠다.

지금 이 순간 심장이 쿵쾅 쿵쾅 뛰면서 사랑에 빠진 사람처럼 설레기까지 한다.

나는 앞으로 무엇을 우선순위에 두며 준비해 나가야 할까?

23년간의 직장생활 그리고 사업가로서 나에게 필요한 변화는 무엇일까?

사랑의 하나님.

하나님께서 저에게 주신 재능을 발견하게 하시고 준비하게 하시니 참으로 감사합니다. 그동안 직장생활 속에서 소중한 가치에 대한 깨달음을 주시고, 겸손과 낮아짐을 배울 수 있는 기회들을 허락하여 주심도 감사합니다.

이제는 용기 내어 도전해 보려 합니다. 하나님께서 주신 재능으로 이웃과 사업을 운영하시는 분들에게 선한 영향력을 끼칠 수 있도록 도와주세요. 제 안에 실수에 대한 걱정과 두려움으로 주저함이 있습니다. 모든 것 하나님께 맡기고 하나님께서 주신 담대함과 기대함으로 나아가게 해 주세요.

하나님께서 주신 한정된 시간 속에서 삶의 가치를 깨닫고 각자에게 주신 재능들을 잘 펼칠 수 있도록 돕는 자로 함께 미래를 만들어 갈 수 있도록 도와주세요. 제 인생을 만들어 가시는 하나님만을 의지합니다.

오늘의 나눔 하나님께서 각자에게 주신 고유한 소명, 어떻게 발견하고 사용할 수 있을까요?

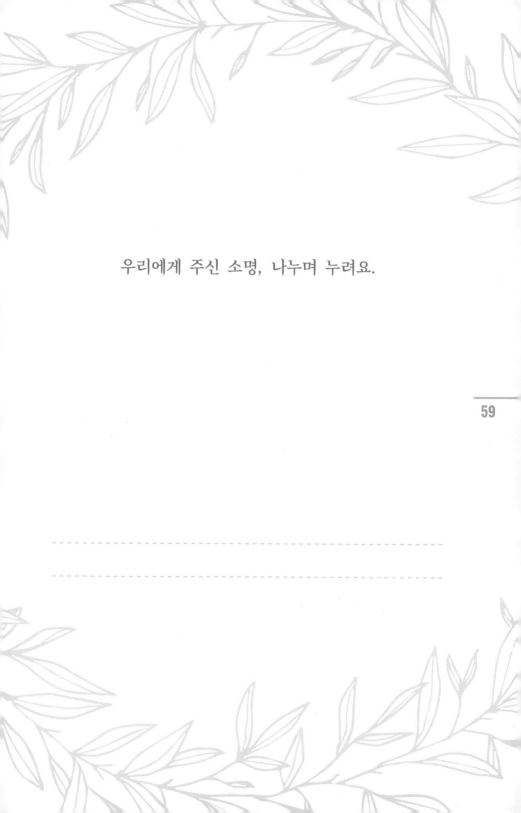

우리에게 주신 소명, 나누며 누려요.

2.
주님의 선물

전숙향

"넌 참 열정이 많아."

"아니, 몸도 힘들고 바쁘다면서 언제 또 그 일은 했어?" 친구들이 간간이 나에게 하는 말이다.

"엄마는 언제까지 배우기만 할 거야?" 식을 줄 모르는 배움에 대한 나의 열정에 아들은 퉁명스럽게 말한다. 시간과 열정을 쏟아 부은 만큼 보이는 성과가 없었기에 '배워서 남 주자!'라는 말도 실천하지 못하고 있는 나를 핀잔주는 것이다.

'하나님이 나에게 주신 재능은 무엇일까?' 곰곰이 생각해 보았다. 상처받은 사람들의 마음을 위로하고 보듬어 주는 따스한 감정을 품고 있는 내 모습이 떠올랐다. 도자기를 만들거나 그림을 그릴 때면 나만의 시간과 공간에 몰입하기를 좋아하는 예술적인 성향도 있다. 평범함 속에서 독특함을 발견하고 느낄 줄 아는 섬세하고 순수한 감성들도 분명하나님께서 주신 것이다.

나를 지으시고 만드신 분이 하나님이라는 사실을 믿고 있었음에도 왜 하나님이 주신 특별함이 나에게 주신 재능이라는 사실을 인식하지 못했던 걸까?

그동안 내가 생각했던 재능의 개념은 오로지 '어떤 분야에 있어 남들보다 탁월하여 세상에서 성공을 가져다주는 것'이나, '하나님의 영광을 위하여 크게 쓰임 받을 수 있는 것'으로 한정하고 있었다. 그렇지 못했던 나의 소질은 재능이 아니라고 생각했으니 감사하지도 못했다. 그나마 주신 재능도 하나님 나라를 위하여 쓰임 받으려 하기보다, 나를 세우는 일에 사용하기 급급했다는 영적 깨달음이 오자 회개가 터져 나왔다.

하나님 아버지!
저의 어리석음을 회개하오니 불쌍히 여기시고 용서하여 주시옵소서. 저는 주님이 주신 달란트에 감사하지 못했고 주시지 않은 재능을 좇아 세상의 성공만을 꿈꾸며 살아왔습니다. 지금까지 주신 모든 것이 저에게 가장 합당한 선물임을 깨닫게 해 주시니 감사합니다.

하나님으로부터 나온 성품과 소질을 제 것인 양 착각하며 살아왔던 저의 교만과 욕심을 제하여 주시옵소서. 주신 재능에 만족하고 감사하며 하나님 나라 확장하는 일에 쓰임 받게 하여 주시옵소서. 하나님의 영광을 위하여 빛을 발하는 재능이 될 수 있도록 은혜를 허락하여 주시옵소서.

나보다 나를 더 잘 알고 계시는 나의 구주 예수 그리스도의 이름으로 기도드립니다.

오늘의 나눔 주님이 주셨음에도 불구하고 그동안 깨닫지 못했던 당신의 재능은 무엇인가요?

우리는 그리스도 예수 안에서
선한 일을 하기 위해 지어졌습니다.

3.
지금 이 자리에서

유명순

"전도사님 덕분에 우리 가족 모두 교회 나가고 있어요."

몇 년 전 일이다. 예수님을 믿는 자녀는 더 열심히 신앙생활하고, 예수님을 믿지 않았던 자녀는 교회를 나가고 있음에 감사의 마음을 전해 주신 성도님이 계셨다.

"무슨 말씀을요. 모든 것이 주의 은혜입니다." 마땅히 해야 할 일을 한 것뿐이라는 생각을 하며 짧게 답을 했다.

지금은 요양보호사로 일하고 있다. 여기가 나의 사역 현장이다. 몸과 마음이 건강하지 못한 어르신들이 센터에 오시면 정성을 다해 섬겨 드리고 싶어 기도로 하루를 시작한다. 생각과 달리 여러 가지 상황 때문에 끝까지 친절하게 모시지 못할 때도 있다.

치매로 배회하시는 어르신들의 모습을 보면 마음이 아프고 눈물이 난다. '예수 믿고 구원받으셔요.'라고 개인의 신앙을 전할 수 없는 직장이라 더 그렇다. 하지만 기도가 필요한 어르신에게는 "기도해 드려도 괜찮을까요?” 허락을 받고 기도해 드리고 복음을 전할 때도 있다.

교회 사역자로 일할 때보다 지금 이 곳이 복음 전하기 더 쉽다는 생각이 들다가도 ‘지금 내 나이에 사역할 교회가 있을까?’라는 아쉬움도 있다. 그러나 중요한 건, 하나님을 찬양하며 지금도 복음을 전할 수 있다는 사실이다.

어느 자리에서건 사람들을 영혼으로 바라보게 하시는 것은 하나님께서 나에게 주신 마음이요, 기도하고 복음 전할 수 있는 삶을 허락해 주신 것은 하나님께서 나에게 주신 선물이라고 믿는다.

교회에서 사역할 때 건강에 문제가 발생했던 적이 있다. 성대 폴립(작은 도토리 크기의 단단한 멍울이 성대에 맺히는 증상. 주로 가수, 아나운서, 교사 등 목을 많이 쓰는 직업인에게 일어난다)으로 몇 달 동안 말 한마디 하는 것이 힘들었다. 너무나 고통스러워 수술을 기다리는 시간이 그렇게 길게 느껴질 수가 없었다.

말을 못 하니 사역에 많은 지장이 있었다. 담임목사님의 어깨에 무거운 짐을 올려놓은 듯해 사임을 결정했다. 하나님께 기도드렸다.

‘제가 사임하고 싶어서 하는 게 아닌 거, 아시죠? 아파서 말도 못하고 허리까지 아파요. 주님 말씀에 순종해서 10년 동안 사역했어요. 조금이나마 주의 일을 할 수 있도록 함께해 주셔서 감사합니다.’

지금은 하나님의 은혜로 말을 할 수 있다. 오랜 시간 찬양하면 목이 아프기는 하지만 앞으로도 복음을 전하고 기도하고 찬양하길 원한다.

‘모든 기도와 간구를 하되 항상 성령 안에서 기도하고 이를 위하여 깨어 구하기를 항상 힘쓰며 여러 성도를 위하여 구하라(에베소서 6장 18절).’

말씀을 기억하며 기도하기를 힘쓰고 있다.

교회 사역자로 일할 수 없다 해도 복음을 전하며 하나님의 선한 도구로 여생을 보내고 싶다. 사람들이 예수 믿고 구원받아 영원한 생명을 얻어 하나님께서 주시는 사랑을 느끼고 행복하길 원한다.

하나님 아버지!

2년 전 성대 폴립으로 말을 할 수 없었는데 회복 주심에 다시금 감사와 찬양을 올려드립니다. 부족한 딸을 복음 사역자로 사용해 주셨던 것도 감사드립니다. 어디에서 무엇을 하든, 하나님의 선한 도구로 복음을 전하며 쓰임 받길 간구합니다. 세상 염려와 근심으로 좌절하는 이들이 예수 믿고 구원받아 행복하길 원합니다.

저에게 남아있는 시간이 얼마인지 모르지만 저에게 주신 은혜에 감사드리며 하나님의 기쁨 되길 원합니다. 아멘.

오늘의 나눔 지금 여러분이 계신 그 자리에서 복음을 어떻게 전하고 계시는지요?

슬퍼하며 회개해야 하는 것,
복음 전하지 않는 인생입니다.

4.
주신 모양 그대로

김영주

"노래를 잘 하시네요. 찬양하는 모습이 너무 아름다워요."

찬양하는 순간, 나는 몰입을 경험한다. 찬양의 가사를 음미하면 나의 고백이 되고 내가 그 찬양 안으로 들어가 진심을 표현하는 찬양이 된다. 마음이 요동치며 눈물이 흐르기도 하고 주체할 수 없는 기쁨과 감사를 느낄 때도 있다. 온전히 찬양에 몰입하는 모습이 사람들에게 아름답게 보였던 것 같다.

"아니에요. 그냥 노래하는 걸 좋아해요."

사람들에게 칭찬과 인정의 말을 듣고 나면 나는 항상 나의 부족함을 부각시켜 답을 한다. 사실, 부족한 실력이라고 생각한다.

스스로 부족함을 느낌에도 성가대원, 찬양단, 성가대 지휘자, 반주자로 늘 쓰임 받고 있다. 나를 다재다능하게 봐 주시는 사람들의 시선을 믿을 수 없다. 그러니 감사의 마음도 부족하다.

누구도 따라올 수 없는 독보적인 실력을 가진 사람들을 보며 어떻게 저럴 수 있을까 부러워하기만 했다. 나는 할 수 있는 것은 많지만 뭐 하나 제대로 내세울 만한 실력을 갖춘 것은 없다. 그냥 기본만 할 뿐이다.

그런데 가만히 생각해 보면 나를 너무 잘 아시는 하나님께서 주신 선물들이 아닐까 싶다. 그 모든 것을 할 수 있기까지 준비시키시고 상황을 만들어 주시고 그것을 통해 일하시고 나를 변화시키셨다.

내가 알아서 한 것이 아니었다. 철두철미한 하나님의 계획하심이었다. 어리석게도 나는 '특별한 재능을 가지진 않았지만 내가 열심히 해서 얻어진 결과'라고 생각했다. 시간을 거슬러 올라가며 글을 써 보니 퍼즐 조각이 맞춰지듯 하나의 그림이 완성되었다.

사랑의 하나님,

주님께서는 저를 너무도 잘 아시죠? "제가 할게요."라고 말할 수는 있지만 멋지게 완성하는 능력은 더하지 않으셨지요. 만약 제게 그런 능력까지 있었다면 저는 제가 잘났다고 생각하며 교만 가운데 서 있었을 거니까요.

그리고 다양한 재능을 주셔서 재미있게 하고 싶은 것들을 하면서 지금까지 주님을 찬양하게 하셨어요. 노래가 하고 싶으면 성가대로, 피아노를 치고 싶으면 반주자로, 신나게 찬양하고 싶으면 찬양 인도자로, 멋진 화음을 완성하고 싶으면 성가대 지휘자로 다양한 모양으로 세우셨어요.

이젠 조금 알 것 같아요. 저에게 이런 재능을 주신 이유를요. 부르신

곳에서 주신 모양 그대로 예배하며 찬양하는 자로 살아갈게요. 하나님의 살아계심을 나타내는 증거자의 삶을 살게 해주세요.

오늘도 찬양이 저의 힘이 되게 해주셔서 감사합니다. 아멘.

오늘의 나눔   하나님께서 주신 여러분의 재능을 떠올리면 어떤 감정이나 생각이 드나요?

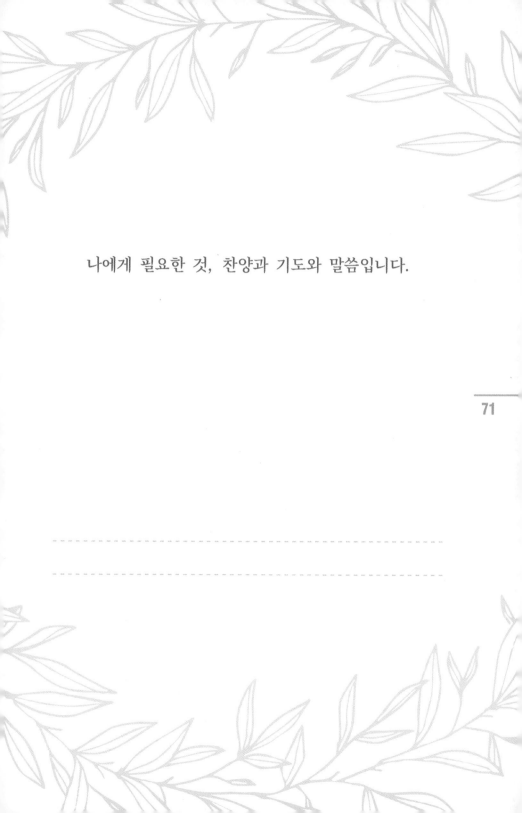

나에게 필요한 것, 찬양과 기도와 말씀입니다.

5.
귀하고 특별한 것

임미영

"강사님의 말씀은 참 따뜻하고 통찰력이 있어요."

"평소엔 옆집 이웃 같은데 강의를 하실 땐 카리스마가 느껴져서 멋있어요."

많은 분에게 들어 본 기분 좋은 칭찬이다. 나는 "감사합니다."라고 답한다. 오늘은 그 답변 속 내 마음을 깊이 들여다보게 된다.

나는 말에 대한 부담을 자주 느끼는 사람이다. 상대의 마음을 다치게 하거나, 괜히 꺼낸 말이 될까 봐, 말을 하기까지 용기가 필요한 순간이 꽤 많다. 그럼에도 내가 한 말에 위로받고, 깨달음을 얻었다고 말씀해 주시는 분들을 뵈면 참 감사하다.

강의한 지 20년이 되었다. 강의할 때 멋지다는 말이 대단한 칭찬처럼 느껴지지는 않는다. 왜일까. 내 삶의 일부가 되어버린 강의를 잘해 내는 것이 당연하다는 생각을 해 왔나 보다. 그리고 타인에게 좋은 평가를 받는 것보다 나 스스로 만족하는 강의를 하는 게 더 중요한 듯하다.

여기서 질문이 생긴다.

강의 경력과 자부심이 있는데 왜 여러 사람 앞에서 기도하는 것은 어려울까. 신앙생활을 한 지 17년이 되었는데도 말이다. 대표기도를 하거나 기도인도를 해야 하는 때엔 도무지 생각정리가 안 되고 긴장을 한다. 성령의 인도 따라 올려드리는 것이 기도인데, 나는 여전히 사람을 의식한다.

다시금 하나님의 은혜에 집중해 본다. 하나님께서 나에게 주신 재능을 생각해 본다. 하나님께서 나에게 왜 재능을 주셨을까 그 뜻을 조금이나마 헤아려 본다.

이제 나는 강의하듯, 따뜻함과 통찰력을 갖고 말하듯, 그렇게 복음을 전하고 기도하고 싶다. 주님 주신 재능을 주를 위해, 영적 유익을 위해 사람들에게 아름답게 베풀고 싶다. 강의하는 업을 통해 주를 향한 지금의 내 마음을 오래 전부터 예비하고 계셨던 하나님이 아니셨을까. 재능과 신앙은 분리되어 있는 것이 아니었다. 모든 것은 하나님의 계획하심 가운데 있다.

하나님, 주가 주신 재능을 제 것이라고 여겼던 마음을 회개합니다. 주가 주신 것은 주가 쓰기 위함인데, 주님 나라 위해 구하는 입술 되지 못했음을 회개합니다. 주가 허락하신 재능을 주님 나라 위해 드리고 싶다고 기도할 때, 기름 부어 주셔서 성령의 권능이 나타나게 하실 줄 믿습니다. 주가 저에게 주신 귀하고 특별한 것을 주를 위하여 쓰길 원합니다. 돌파의 영을 부어주시고, 성령의 지혜로 인도하여 주옵소서. 아멘.

오늘의 나눔   주가 여러분에게 주신 재능이 어떻게 쓰임 받게 되기를 원하시나요?

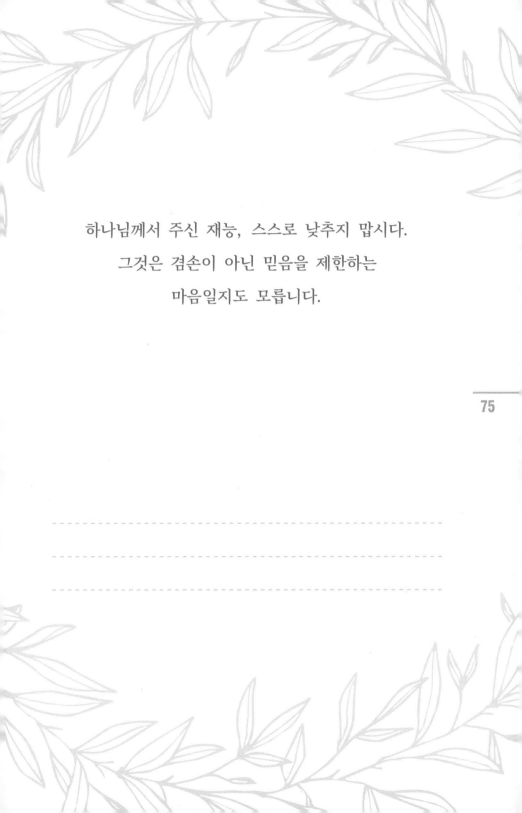

하나님께서 주신 재능, 스스로 낮추지 맙시다.
그것은 겸손이 아닌 믿음을 제한하는
마음일지도 모릅니다.

6.
울림이 있는 기록

홍효정

"사진을 참 잘 찍어요. 똑같은 사진을 찍어도 다르게 보여요."
가끔씩 사람들이 내가 찍은 사진들을 보면서 칭찬해 주는 말이다.

아름다운 한 컷을 위해 방향의 각도와 빛, 피사체를 바라보는 나의 눈과 카메라가 하나가 된 것처럼 정성을 기울인다. 내가 찍은 사진들이 사람들에게 '울림이 있는 기록'으로 전달되기를 바라는 마음이다. 잊고 싶지 않은 추억, 장소, 자연을 사진으로 남길 수 있다는 것, 참 멋진 일이다.

하나님께서 지으신 세계를 사진으로 기록하는 일에 흥미를 느끼게 해 주시고 재능을 주신 하나님께 감사하다. 하나님께서 지으신 모든 것을 볼 수 있는 나의 눈에 감사하다. 하나님의 만물을 볼 때마다 심장이 쿵쾅거리고 사진으로 남기고 싶어 손가락이 간질간질하다. 그리고 나는 카메라와 하나가 된다.

나는 사진으로 얼마나 많은 의미를 담을 수 있을까? 내가 원하는 감성과 사진으로 다른 이들과 얼마만큼 깊이 소통할 수 있을까? 지금처럼 하나님께 감사하며, 재능에 교만해지지 않고 잘 할 수 있을까? 사진을 찍는 횟수가 늘어갈수록 질문도 늘어간다.

하나님, 제가 사물을 바라볼 때 마음으로 먼저 와 닿게 해 주시는 하나님의 돌보심을 느낍니다. 그것을 통해 저와 만나 주시는 하나님을 느낍니다. 제가 보는 것이 전부가 아니라, 그 속에 숨겨진 하나님의 메시지를 통해 저와 깊은 대화를 나누고 싶어 하시는 하나님의 마음도 느낍니다.

하나님의 세밀한 음성에 저 또한 귀 기울이며 다가가겠습니다. 저에게 주신 재능과 만물을 통해 하나님을 더 깊이 알아가겠습니다. 하나님 지으신 세계의 아름다움과 메시지를 놓치지 않도록 노력하겠습니다. 늘 저를 들여다보겠습니다.

제 삶의 모든 것, 제 마음의 모든 것을 알고 계시고 주님의 시선으로 기록해 주셔서 감사합니다. 아멘.

오늘의 나눔　자연을 통해 하나님께 감사했던 경험이 있나요?

하나님의 부르심에 섬세하고 민감한 반응으로
살아가길 소원합니다.

7.

배우고 나누고 빛나다

"그림책을 정말 잘 읽어 주시는 것 같아요."

"목소리가 정말 좋으시네요."

그림책 감정 코칭 수업을 하면서 사람들에게 가장 많이 들었던 칭찬이다. '진짜로 해주시는 칭찬이 맞을까?' 나는 조금 의심스러워하면서 부끄럽게 답한다.

"그렇게 들어주셔서 감사합니다."

그림책으로 감정을 코칭 할 때 편안한 목소리로 글을 읽는 것, 내가 잘할 수 있는 영역이다. 나는 영유아기 부모교육을 너무나 중요하게 생각한다. 그래서 부모교육에 목소리를 높인다. 그림책 감정 코칭은 부모님이 스스로 느낄 수 있도록 도와주는 좋은 교육이다. 이 영역은 하나님께서 나에게 주신 재능이라는 것을 최근에서야 깨닫게 되었다.

《하루 10분 엄마 감정 수업》 개인 저서 출간 이후 '감정'에 대한 강의뢰를 요청 받으면서 감정에 대해 더 섬세하게 공부했다. 그림책과 심리를 연결하여 양육과 관련된 메시지를 그림책 감정 코칭으로 펼쳐가는 일은 흥미롭기까지 하다. 그림책을 통해 사람들의 감정을 들여다보고 삶의 의미를 찾아 갈 수 있도록 안내하는 나의 재능에 감사하다.

다만, 하나님께서 주신 재능을 말씀에 근거하여 내 마음을 들여다 볼 수 있어야 하는데 깊은 통찰과 승화가 부족한 것 같아 하나님께 죄송하다. 죄송한 마음을 감사한 마음으로 바꾸어 갈 수 있도록 더욱 더 진심으로 기도하는 자가 되어야겠다.

하나님께서 창조하신 세계 가운데 '나'라는 존재에게 심겨 놓으신 재능. 그림책으로 사람들의 마음을 들여다 볼 수 있는 상담과 교육을 통해, 마음이 어려운 사람들을 주님께로 인도할 수 있는 재능이 견고해지기를 바란다. 하나님께서 주신 재능을 나의 성장과 발전, 유명함을 위해서만 사용하고 있는 것은 아닌지 돌아보면서 말이다. 이제 나는 어떤 관점으로 나의 재능을 바라보고 더 견고히 해야 할까?

하나님,

하나님께서 주신 재능을 재능인 줄도 모르고 살아왔던 시간을 회개합니다. 의미 있는 삶을 살 수 있도록 사람들을 돕고자 하는 마음을 주신 하나님께 감사하는 제가 될 수 있도록 해 주세요. 하나님께서 주신 모든 것을 생명 살리는 곳에 쓰는 자 되길 소망합니다.

배움을 나눌수록 나와 타인의 삶을 빛나게 할 수 있다는 것을 믿음의 눈으로 보게 하여 주시니 감사합니다. 하나님의 시선이 어느 곳을 향하는지 늘 깨어 있게 하시고 그곳을 향해 하나님과 같이 볼 수 있게 해 주세요. 하나님, 사랑해요.

오늘의 나눔   여러분이 배운 것을 타인들에게 나누었을 때, 어떤 감정과 생각이 들었나요?

겸손한 마음으로 죄를 뉘우치고
하나님을 두려워하는 자 되기를 소망합니다.

8.
잘못했습니다 그리고 감사합니다

백미정

"글을 참 잘 쓰세요."

"군더더기 없이 강의를 잘 하시네요."

간간이 듣게 되는 칭찬의 말이다. 그럼 나는, 조금 부끄러운 듯한 미소로 답한다.

"감사합니다."

글쓰기와 말하기 영역에서 사람들에게 인정받을 수 있는 것, 하나님께서 나에게 주신 재능이라는 사실을 최근에야 깨달았다. 그 전까지 내 생각은 이러했다.

'내가 그동안 읽고 쓴 글이 얼만데? 하루아침에 된 게 아니지. 오기로 버티고 오기로 노력했어. 내가 생각해도 나는, 글을 잘 쓰고 강의를 잘 한단 말이야.'

노력하고 도전한 결과 글 잘 쓰는 사람, 강의 잘 하는 사람이 되었다고 자부했다. 성공했다는 말을 듣고 싶다. 작가와 강사로서 최고라는 타이틀을 가지고 싶다.

'하나님의 영광과 복음 증거를 위해 글과 말을 사용하고 하나님께서 허락해 주신 재능을 사용하겠습니다.'가 아닌, '하나님! 저는 꼭 성공하고 싶어요. 제 책과 강의가 유명해질 수 있도록 해 주세요. 그러면 뭐든지 다 할게요.'라는 심보로 하나님과 거래를 했던 것이다.

가슴 정중앙에 누군가 빨간 점 하나를 찍었는데 그것이 물에 번져 온 몸에 퍼져나가는 느낌이다. 등에서 열이 난다. 부끄럽다. 이제 나는 어떤 변화가 필요하고 어떤 선택을 해야 할까?

하나님,

하나님께서 주신 재능을 저의 노력의 결과물로 여기며 자랑하는 마음으로 지내왔던 시간들을 회개합니다. 사실, 지금도 그렇습니다. 제가 잘난 줄 압니다. 교만이 순식간에 사라지진 않겠지만, 계속 기도드리며 하나님의 도우심을 기대합니다. 두렵고 떨리는 마음으로 하나님께 아뢰겠습니다. 글과 말이 하나님께서 주신 재능임을 잊지 않고 글과 말을 어떻게 사용해야 하는지 하나님의 지혜를 구하며 늘 점검하겠습니다.

글과 말을 도구 삼아 하나님을 전하는 삶 살게 해 주시고, 글과 말로 영혼이 살아나는 데 함께하는 자 되게 해 주세요. 저의 모든 것을 주관하여 주시고 하나님께서 주신 재능을 통해 복음이 전파될 수 있도록 도와주세요. 잘못했습니다, 그리고 감사합니다. 아멘.

오늘의 나눔   하나님께서 여러분에게 주신 재능으로 오늘 당신은 무엇을 할 수 있을까요?

나의 교만을 인정하는 것이 지나친 자책이 되어
또 다른 죄를 짓지 않도록 하나님의 도우심을 구하며
전진하기를 멈추지 말기를 바랍니다.

9.
자존심이 상한 후

김미옥

"영어를 잘해서 좋겠다."

"통역 좀 해 줘요."

"아니에요, 저 잘 못해요."

부끄러운 듯 대답했지만, 속으로 생각했다.

'그래. 내가 못하는 건 아니지.'

어렸을 때부터 영어를 좋아했다. 대학에서도 조금 공부한데다, 아프리카에서 10년 넘게 살았다. 매주 대학생들과 꾸준히 영어로 성경공부를 해 왔기에 소통에 어려움이 없었다. 나는 여기서 영어를 좀 하는 사람이었다. 나의 노력과 열심이 있었다고 믿었다.

하지만 캐나다에 와 보니 나의 영어수준은 턱없이 부족한 것이었다. 캐나다는 영국식 영어를 구사하는 아프리카와 달리, 미국식 영어를 사용하기에 말을 알아듣는 것부터 어려웠다.

갑자기 나는 영어를 못하는 사람이 되었다. 사람들에게 무시당하는 것에 충격을 받고 자존심이 상했다. 다행히 칼리지에 들어가 공부하고 직장을 다니며 자신감을 회복했다. 하지만 여전히 캐나다인들이 구사하는 영어를 이해하고 편하게 말하는 것이 힘들다.

칼리지에 다시 들어가 전문분야를 공부하고 직장을 잡으려는 계획을 가지고 있다. 이를 통해 재능을 더 키우고 인정받고 싶은 마음이 든다. 하지만 이는 다시금 내가 교만해지는 길이리라.

하나님이 주신 재능을 내 욕심 채우는 데 사용할 것이 아니라 하나님을 기쁘시게 하고 하나님의 영광 드러내기를 간절히 소망한다. 사람들에게 복음을 더 잘 전하고, 이웃들에게 도움을 줄 수 있는 사람이 되었으면 좋겠다.

하나님 아버지.

저에게 언어의 은사를 주셔서 감사합니다. 그런데 제가 너무 교만했습니다. 저의 부족함을 깨우쳐 주시고, 이 은사를 잘 가꾸어 나가야 한다는 것을 가르쳐 주셔서 감사합니다. 저의 만족이나 사람들의 인정, 칭찬을 얻기 위해 공부하지 않고 주님과 복음을 위해 공부할 수 있기를 기도합니다.

그래서 제가 있는 곳에서 사람들에게 복음을 잘 전하고 그들의 좋은 성경 선생, 친구가 될 수 있기를 기도합니다. 저를 선하게 인도하여 주실 것을 믿습니다. 감사합니다. 사랑합니다. 아멘.

오늘의 나눔 자존심 상했던 일을 통해 하나님께서는 나에게 어떤 깨
달음을 주길 원하셨나요?

회개하고 복음을 믿는 것, 신앙의 전부입니다.

10.
하나님께서 허락해 주신 영혼들을 향해

김경아

"아이들을 바라보는 눈빛이 달라요."

"매일 만나는 아이들인데 쳐다만 보아도 그렇게 좋으세요?"

사람들이 나에게 자주 하는 이야기들이다. 그럴 때마다 나는 웃음으로 대답을 대신한다.

아이들만 바라보면 좋지 않은 감정이나 생각을 가지고 있었을지라도 바로 긍정으로 바뀐다. 우리 아이들에게 어떻게든 좋은 것들을 많이 경험시켜 주고 싶다. 내 생각을 내려놓고, 아이들의 눈빛에서 전해지는 마음을 있는 그대로 바라보려는 나의 미소가 사람들에게 전해진 것 같다.

하나님의 나라는 어린 아이와 같아야 들어갈 수 있다는 말씀처럼, 순수한 영혼들과 내가 함께할 수 있음이 은혜이자 감사다.

하나님,

아이들을 바라볼 때 저의 주관적인 생각과 판단이 들어가지 않게 하소서.

아이들이 저의 우상이 되지 않게 하시고 하나님께서 허락해 주신 영혼들로 순수히 사랑하게 하소서.

아이들이 부모로부터 받은 상처가 있다고 해도 그것을 아이의 성격과 연관 지어 우리 아이들을 지나치게 판단하거나 불필요하게 불쌍히 여기는 마음을 가지지 않게 하소서.

아이의 무한한 가능성을 인정하며, 잠재력을 키워 갈 수 있도록 늘 옆에서 함께 하는 조력자가 되게 하소서.

혹시 저의 잘못된 판단으로 아이의 마음에 상처를 준 것이 있다면 기억나게 하시고 회개하게 하소서.

베푸시고 도우시는 주님 당신을 의지하게 하시고, 늘 노력하는 삶을 살게 하소서.

오늘의 나눔   오늘 여러분이 감사와 사랑을 베풀 수 있는 대상은 누구이며 그 방법은 무엇인가요?

'행함의 부족'을 믿음으로 포장하고 있진 않은지

돌아봐야겠습니다.

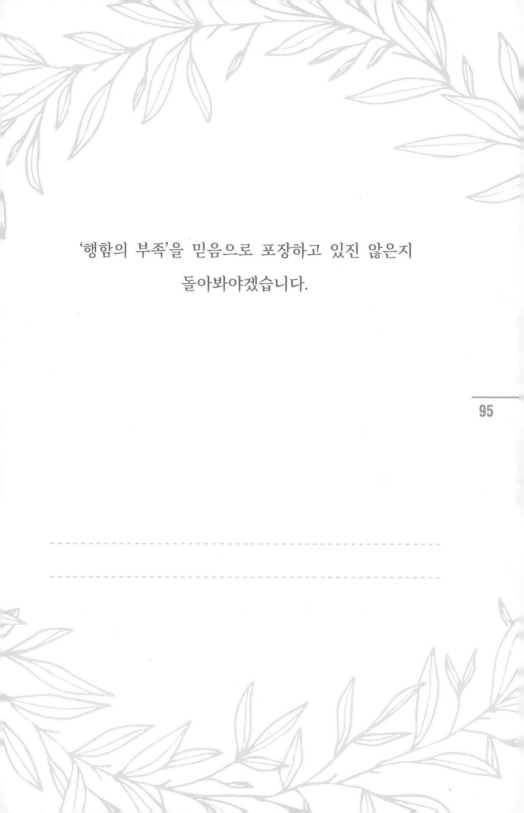

story 03.

변화를 안다는 것 : 주님을 안다는 것

1.
어제보다 더 나은 오늘

유명순

스윽.

식사 도중 남편이 서랍을 열었다.

"이거, 당신에게 필요할 것 같아." 박스 테이프를 꺼내는 남편.

"왜?"

나는 동그란 눈을 더 크게 뜨고 무슨 영문인지 몰라 남편에게 물었다.

"당신 말은 다 옳아. 그런데 너무 말이 많아. 하고 싶은 말 중에 절반만 이야기하면 좋겠어." 아, 황당해라. 남편에게 되물었다.

"그럼, 내 입을 테이프로 다 붙여버릴까?" 남편은 차분한 목소리로 답했다.

"아니. 반절만 붙이면 좋겠어." 웃음이 터져 입안에 있던 음식을 내뿜을 뻔했다.

나는 아들과 남편에게 잔소리를 많이 하는 편이다. 인정한다. 그래서 남편과 다툼이 많았다. 옳고 그름을 꼬치꼬치 따져 묻기도 했다.

그러나 지금은 잘 싸우지 않는다.

"내가 하는 말이 곧 나입니다." 오래 전, 결혼예배 때 목사님께서 해 주셨던 말씀을 떠올려 본다. 먼지에 불과한 나를 예수 보혈로 죄 용서 받게 하셨다. 이제는 하나님의 자녀로 하루하루를 살아가게 하시니 감사하다. 하나님의 은혜로 많이 변화되어가고 있음을 느낀다. 인격적인 하나님께서 나를 만나주시고 간섭하시기 때문이다. 이제는 될 수 있으면 말을 많이 하지 않으려고 한다. 상대가 말을 할 때는 경청하려고 노력하는 내 모습을 보게 된다. 오랜만에 만난 사람들이 말한다.

"말수가 많이 줄었어요. 그리고 말이 익었네요."

입과 혀를 지키는 자는 그 영혼을 환난에서 보전하는지라.
사연을 듣기 전에 대답하는 자는 미련하여 욕을 당하느니라.

말씀에 순종하며 남편과 함께 성경을 읽어가고 있다. 신앙에 관한 책들을 읽으려고 노력한다. 독서 가운데 하나님께서 나를 사랑하시고 함께해 주심을 깨닫게 하시니 감사하다.

지금의 내가 있기까지 하나님께서 어떤 경험을 하게 해 주셨는지 돌이켜 본다. 신학교 수업료를 후원해 주신 익명의 후원자가 계셨다. 남편의 기도와 뒷바라지로 무사히 신학교를 졸업해서 10년간 사역을 감당할 수 있었다. 하나님의 말씀, 목사님, 익명의 후원자, 기도 동역자, 사랑하는 가족들이 오늘의 나를 만들어 준 것이다.

'끝까지 예수님 잘 믿으며 주님 주시는 지혜로 복음 전하는 삶을

살자.'

내가 만든 인생 문장이다. 영혼을 사랑하는 마음으로 사람들을 대하고, 상대방의 생각과 감정을 잘 읽고 잘 들어주며 위로하는 자가 되고 싶다. 붉은 석양이 하늘을 뒤덮는 것처럼, 주변에 선한 영향력을 많이 끼치며 주님의 인도와 지혜로 살아가련다.

오늘의 나눔 여러분의 인생 문장은 무엇인가요?

하나님 바라보며 어제보다 더 나은 오늘을
만들어 갑시다.

2.
기회를 주셔서 감사합니다

김영주

"한 잔 더 하러 가야지?"

20대에 사회생활을 시작하면서 술을 알게 되었고, 웃고 떠들며 사람들과 함께하는 시간을 좋아했다. 그래서 나에게 2차, 3차는 당연한 코스였다. 당시 기숙사에 살았던 나는 친구에게 입실 서명을 부탁하고 외박하기 일쑤였다. 기숙사에 들어가 씻고 옷을 갈아입고 출근하기도 했다. 근무 시간에는 숙취와 피곤으로 휴게실 소파에 누워 조금씩 눈을 붙이며 하루를 버텼다.

"나의 길 오직 그가 아시나니 나를 단련하신 후에 내가 정금같이 나아오리라."

이제 내 입은 술의 도구가 아니라 찬양하는 아름다운 입이 되었다. 일이 잘 풀리지 않을 때, 마음이 힘들 때 나는 찬양을 부른다. 피아노 반주를 하며 찬양을 부르기도 하고, 유튜브에 저장해 둔 반주에 맞춰 찬양을 한다. 3시간 넘게 부를 때도 있다. 눈물이 나면 나는 대로 마음이 아리면 아린대로 자유롭게 부른다. 어느새 마음이 차분해진다. 내가 무엇을 해야 하는지 깨닫는다.

세상 욕심이 많았던 내가 나눔의 기쁨을 알게 되었다. 물질적 풍요보다 마음의 풍요가 더 큰 가치가 있다는 것을 깨닫게 되었다. 내가 이렇게 변화할 수 있었던 가장 큰 이유는, 남편의 지원 덕분이다. 그리고 나를 응원해주고 기도해주는 많은 분들이 계셨기 때문이다. 물론 나에게 좋은 사람들을 보내주신 분은 하나님이심을 잘 알고 있다.

하나님의 사랑과 하나님을 찬양할 때 느끼는 기쁨을 나눌 수 있는 사람들이 내 주변에 많아지면서 진정한 행복을 깨닫기 시작했다.

'하나님이라면 이럴 때 어떤 선택을 하실까?'

어려운 상황에 부딪힐 때마다 질문을 던진다. 무엇이 하나님을 기쁘게 하는 일일까? 내가 선택하고 결정하는 것이 아니라 늘 주님께 먼저 묻고 구하고 예비하는 모습으로 나아가는 것, 그렇게 살아가는 것이 내가 원하는 삶이다.

아무리 애를 써도 내가 계획한 대로 되지 않는 일이 있다. 그럴 때 잠시 뒤를 돌아보면 인간적인 생각으로 계획한 일이었다. 그리고 나는 다시 기도한다. '저에게 또 다시 주님께 돌아갈 수 있는 기회를 주셔서 감사합니다. 새로운 것을 깨닫게 해 주심도 감사합니다.'라고 말이다.

늘 내 인생과 마음을 조명해 주시는 하나님이 계시기에 어떠한 어려움도 이겨낼 수 있을 것이다. 하나님을 믿고 오늘도 난, 전진한다.

오늘의 나눔   지금 이 순간. 하나님과 얼마나 가까이 계시나요? 그렇게
생각하시는 이유는요?

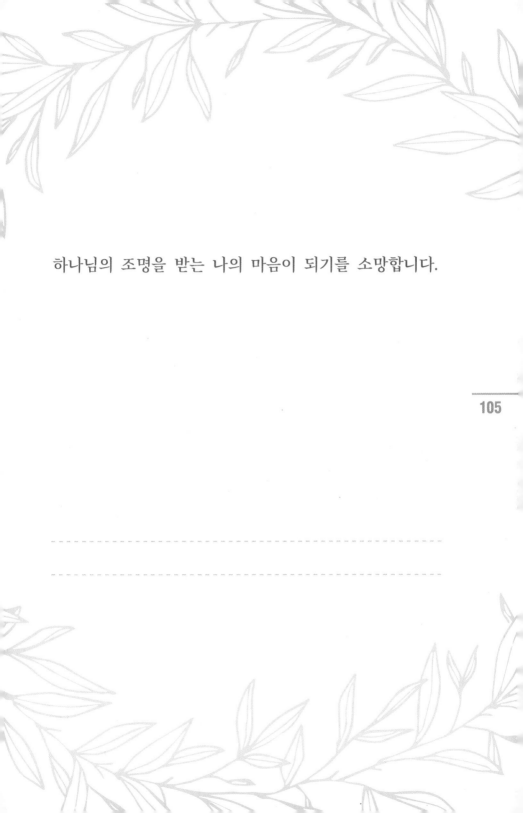

하나님의 조명을 받는 나의 마음이 되기를 소망합니다.

3.
하나님은 사랑이시라

딱 10년 전 일이다. 4살, 5살, 6살 아이들의 싸우는 소리, 징징거리는 소리, 발 딛을 곳 없는 난장판인 집. 남들에게 민폐를 끼칠까 공공장소에 가는 건 엄두도 내지 못했다. 자유롭고 활동적인 성격의 남편은 직장에 적응하지 못하고 그만두기를 반복했다. 나도 모르게 말은 없어지고 무표정한 얼굴에 우울증까지 겪게 되었다.

"힘들어서 어떡하니?" 주변 사람들에게 항상 듣던 말이었다. 나의 표정과 행동이 모든 걸 말해주고 있었다. 일주일에 두 세 번은 밤샘, 야근이 일상이었다. 내가 쉴 수 있는 공간은 어디에도 없었다.

왜 그렇게 남편이 원망스럽고 미웠는지, 나는 남편을 투명인간 취급했다. 목소리도 듣기 싫어서 남편 전화는 받지 않았다. 그렇게 매일 침묵하며 분노 속에서 살았다.

"사춘기 아이들이 참 밝고 긍정적이에요. 요즘 아이들 같지 않아요."

"남편분이 유쾌하고 참 가정적이신 것 같아요. 좋으시겠어요."

요즘 자주 듣는 말이다. 나는 내 일에 보람을 느끼며 즐겁게 생활하고 있다. 함께 하는 이들과 긍정 에너지를 주고받을 줄도 알게 되었다. 친구 같은 세 아이들과 주말이면 함께 시간을 보내고, 교회 봉사도 함께 하며 서로의 소중함을 느끼며 지낸다. 이제는 남편에게 존댓말로 대화를 한다. 기념일마다 남편이 해주는 이벤트도 기대된다.

그동안 내가 혼자가 아니었다는 것,
선택의 순간마다 하나님께서 인도해 주셨다는 것,
아이들을 통해서 삶의 가치를 깨닫게 해주신 것,
남편의 모습이 거울이 되어 나를 보게 하시고 치유하게 해주신 것,
일과 함께하는 이들을 통해서 배우고 성장할 수 있게 해주신 것,
하나하나 되짚어 보니 지금의 나를 있게 해준 값진 보물들이었다.
원망과 분노로 가득했던 나의 마음을 하나님의 사랑으로 덮어주시고 치유해 주심에 감사드린다.

'하나님은 사랑이시라.' 나는 '사랑'이라는 단어를 참 좋아한다. 나를 나 되게 만들어 주신 하나님의 사랑을 삶 속에서, 여러 감정 속에서 깨닫게 되었다. 이제는 값없이 받은 사랑을 사람들과 나누며 나의 삶을 경영하는 자가 되고 싶다.

하나님, 모든 것이 감사합니다. 모든 것이 사랑입니다.

오늘의 나눔　힘든 과정을 겪으면서 우리가 깨달아야 할 것은
무엇일까요?

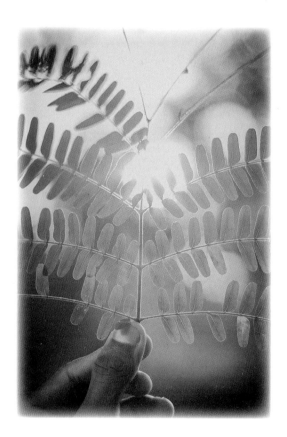

하나님께서 각자에게 주신 삶의 무게를
잘 감당하여 이겨냅시다.

4.
나의 고난은 보석이 되고

전숙향

"꼴도 보기 싫어!"

"다 없어져 버려!"

15년 전 나는, 달리는 자동차 안에서 오디오 볼륨을 있는 대로 크게 틀어놓고 고래고래 소리 지르며 욕을 해대고 있었다. 나의 발악은 목적지에 도착할 즈음 목이 아플 지경에 이르러서야 끝이 났다.

남편은 나이 오십에 전 재산을 담보로 새로운 사업을 시작했다. 내가 보기에도 사업의 전망은 불투명해 보였고, 부가가치가 낮은 세탁공장에 고학력자인 시동생을 직원으로 끌어들인 것도 못마땅했다. 그리고 얼마 지나지 않아 의사의 실수로 인해 시어머님이 반신불수가 되는 황당한 사건이 일어났다. 또한 스무 살이 되면서 본격적으로 드러난 아들의 걷잡을 수 없는 방황으로 앞날은 더욱 암담하기만 했다. 그래서 어머님 모시는 일에 무책임해 보이는 형제들에게 "자식 된 도리를 다 같이 해야지, 왜 나만 고생을 해야 해?"라는 분노와 억울함이 올라와 급

기야 관계를 단절하기에 이르렀다.

그 당시에는 나도 그들과 똑같은 죄인이라는 사실을 인정할 수 없었다. 단지 '저에게 용서할 수 있는 마음을 주세요'라는 기도와 함께 주기도문을 하루에 수십 번도 더 외던 어느 날, 죄인인 나도 하나님의 절대적인 용서와 사랑을 받고 있음이 깨달아졌다. 그리고 '시동생을 더 안정되고 좋은 직장으로 옮기게 해 주세요.'라고 기도 내용이 변하게 되었다.

5년이 지난 후, 남편은 큰 손실과 함께 사업을 정리했다. 기도의 응답이었을까? 시동생 부부는 하나님의 특별한 부르심을 받고 자비량으로 평신도 선교사 훈련을 떠났다. 그리고 시누이는 어머님의 마지막 요양비를 2년 가까이 혼자 부담해 주었고, 7년간 움직이지도 못하고 요양원에 계시던 시어머님이 소천하시자 형제들은 자연스럽게 화해를 하게 되었다.

그 후에도 사랑과 기쁨으로 섬기던 교회가 분열되는 불과 같은 시험이 연거푸 왔다. 그래서 두 손 들고 하나님께 나아가 울부짖는 기도가 주야로 이어질 수밖에 없었다. 기나긴 기도의 시간 속에서 하나님과 더욱 깊은 교제를 나누며 세상이 줄 수 없는 평강의 기쁨을 맛보기도 했다.

오랜 세월이 지나 말씀 공동체로 인도되고 난 후에야 세상 명예와

돈이 나의 우상이었다는 사실을 깊이 깨닫게 되었다. 또한 "당신이 나보다 옳습니다."라는 말이 성경적인 말씀으로 해석이 되었다. 지루하고 힘들기만 했던 고난의 시간들이 나에게 반드시 있어야 할 과정이었음이 인정되며 "고난이 축복이다."라는 말씀을 감사함으로 받아들였다.

지나고 나면 모든 인생의 모습이 하나님의 세밀한 계획하심이었음을, 하나님께서 나를 너무나 사랑하고 계심을 알게 된다. 때로는 나의 이성으로 이해되지 않는 일이 생긴다 할지라도, 하나님의 큰 뜻을 믿고 하나님께 지혜와 사랑을 구하는 자로 살아가야겠다고 이 글을 쓰며 뜨겁게 다짐해 본다.

오늘의 나눔　당신이 견디기 힘들었던 고난의 시간이 하나님께서 허락하신 축복의 시간이었음을 인정하나요? 이유는요?

무엇보다 가장 먼저 버려야 할 것은
나의 우상들입니다.

5.
빚어 가시다

김미옥

"나도 내 마음대로 살고 싶다고요!"

20여 년 전, 나의 대학생활은 믿음으로 사는 삶에 대한 고민과 갈등으로 점철된 시간이었다. 교회활동에 집중할수록 내가 없어지는 것 같았다. 그래서 결국 졸업을 앞두고 그동안 몸 담았던 캠퍼스 선교 모임에서 나와 동네 교회에 참석했다.

한 번뿐인 인생을 편하고 재미있게 살고 싶은 욕망, 믿음으로 살 때 다가오는 고난과 어려움에 대한 두려움, 죄를 회개하기보다 즐기고 싶은 악한 마음, 그리고 깊은 죄의식이 뒤엉켜 나를 사로잡고 있었다. 아이러니하게도 나는 이 시기에 가장 낮은 마음으로 하나님을 찾았다. 나를 도와달라고 말이다.

"마리아는 나이도 어린데 참 성숙하단 말이야."

20여 년이 지난 지금, 나와 10년 넘게 알아온 선교사님들은 나에 대해 생각이 깊고 마음이 넓은 사람이라고 말씀해 주신다. 나는 더 이상 욕망과 두려움, 악한 마음과 불신으로 괴로워하고 몸부림치지 않는다. 생활이 너무 편하고 재미있어지면 나를 돌아보게 된다. 고난과 어려움은 여전히 두려움으로 다가오지만 이것이 전부가 아님을 안다. 불신과 죄의식이 나를 사로잡으려 할 때, 믿음으로 내게 '괜찮다.' 하며 용기를 준다.

나를 변화시켜 오늘의 나를 있게 해 준 것은 나의 구원을 위해 한없는 긍휼과 사랑으로 오래 참아 주신 하나님, 그분의 약속의 말씀들이었다. 광야와 같은 아프리카에서 나의 삶을 선하게 인도하시는 하나님은 살아계셔서 늘 나와 함께 하는 분이셨다.

젊은 시절, 매주 성경을 가르쳐주고 나를 위해 기도해주신 선배님도 계셨다. 또 온유하고 사랑이 많은 남편과 나의 기쁨과 위로인 두 딸이 있다. 자식을 키우는 것은 나에게 큰 축복이었다. 부모가 되어 아버지 하나님의 마음을 헤아려 보며 하나님과 더 가까워 질 수 있었다.

나는 다른 사람에게 조금이나마 도움이 되고 위로가 되는 삶을 살고 싶다. 성경공부를 통해서, 예배를 통해서, 또 나의 작은 섬김을 통해서 사람들이 예수님을 알고 위로를 받고 힘을 얻었으면 좋겠다. 하나님이 나의 삶을 나만이 아닌 다른 사람들을 위해서도 사용하기를 원하신다는 것을 알기에 내가 할 수 있는 일들에 최선을 다하려 한다.

이기적이고 불신으로 가득했던 나에게 하나님의 마음을 가르쳐주시고 다른 사람들을 돌아보고 섬기는 사람으로 빚어 가시는 하나님께 감사드린다.

오늘의 나눔   삶의 모양 중, 다른 사람들을 위해 쓰임 받고 있는 것은 무엇인가요?

순수한 사랑의 마음으로 질서 있는 삶을 사는 것,
하나님이 원하시는 모습입니다.

6.

바람 한 줌 속 깨달음

홍효정

요란하게 울리는 각방의 알람 소리와 밖에서 지저귀는 새소리들 때문에 나의 귀는 예민해져 있었다. 마음의 전쟁이 표정으로 드러나는 아침이 반복되었다. 내가 원하던 아침은 이런 게 아니었다. 사춘기 중학생 아이들을 깨울 때부터 이미 참패다.

"좀 일찍 자면 얼마나 좋아? 알람을 끄지도 못하네!"

아침마다 요란하다. 서로 기분이 좋지 못했다. 잠시 상상해 본다. 하루를 시작하는 식탁에 온 가족이 둘러 앉아 감사 기도를 드린다. 등교하기 전 아이들의 눈을 바라보며 사랑의 마음을 전한다. 잘 다녀오라는 손짓, 잘 다녀오겠다는 말이 하모니가 된다.

아, 내가 원하는 아침은 불가능한 걸까?

어두운 터널이 끝나지 않을 거라 생각했다. 사는 게 사는 것 같지 않았다. 나에게 미래 계획은 아무런 의미가 없었다. 그저 하루를 버틸 뿐이었다. 그러던 어느 날, 갑자기 이런 생각이 들었다.

'죽으면 죽지 뭐.'

혼자 뒷산을 못 가던 내가 뒷산에 오르기 시작했다. 멍하니 하늘과 나무만 바라보았다. 며칠이 지났을까. 바람에 흔들리는 나뭇잎들이 보이고 들리지 않던 새소리가 들렸다.

그렇구나. 그동안 내 영혼이 죽어 있었구나. 생각과 감정이 죽어 있었구나. 코끝의 바람 냄새와 피부로 느껴지는 바람을 통해 하나님께서 나를 위로하시는 듯 했다.

죽고 싶어 했던 나의 마음을 다 알고 계셨던 하나님, 그리고 당신이 창조하신 자연에서 나를 치유하기 원하셨던 하나님. 이것을 난 깨닫게 되었다.

나를 변화시켜 준 하나님의 자연은 그 뒤로 내가 힘들 때마다 찾아가는 쉼터가 되었다. 자연 속에서 하나님이 주시는 깨달음이 있었다. 내가 버티고 견뎌낼 수 있었던 건, 하나님의 존재 덕분이었다고 말이다. 내가 그토록 두려워했던 고독함이 하나님께 더 가까이 나아갈 수 있는 기회였다는 것도 알게 되었다.

이제 나는 날마다 성장하는 사람, 성숙한 사람이고 싶다. 그 날, 자연을 통해 하나님께서 주셨던 은혜와 사랑으로 영혼을 살리는 사람이 되고 싶다. 과거의 나처럼 힘겨워하고 있을 사람들에게 새소리와 바람 한 줌이 되어주고 싶다.

하나님, 제가 마주하고 싶지 않았던 상황과 감정들도 하나님을 가까이 할 수 있는 기회가 될 수 있음을 깨우쳐 주셔서 감사합니다. 이제는, 제가 느꼈던 그 하나님을 다른 사람들에게 전하는 자 되게 해 주세요. 바람처럼 물처럼 자연처럼 살게 해 주세요.

하나님의 사랑을 깨달을 수 있었던 그 날을 늘 기억하겠습니다. 감사합니다 하나님.

오늘의 나눔   하나님이 내 곁에서 나를 이끌어 주심을 느꼈던 때. 나는 어떻게 반응했나요?

거룩한 삶은 하나님께 더 가까워지는 길이다.

7.
내 평생의 간구

임미영

딩동!

갑작스런 누군가의 방문에 놀라 노트북을 접어둔다. 전도사님과 권사님이 새신자인 나에게 심방을 오신 것이다. 과일을 깎고 차를 준비하는 동안 권사님께서 내게 물으셨다.

"국문과 나왔다고 들었는데, 습작을 좀 하나요?" 그리고 내가 급히 접어두었던 노트북을 펼치셨다. 아뿔싸! 고스톱 패가 돌아가고 있는 화면이 보였다. 그때 나는 임신한 몸이었는데, 전도사님과 권사님이 오시기 전에 사이버 고스톱을 하고 있었다.

결혼하자마자 임신을 하고, 주식 투자 실패로 경제적 어려움에 놓여 있던 시기라 힘든 생각을 덜하기 위해 틀린 그림 찾기나 고스톱을 했다.

고통을 잊기 위해 선택했던 세상적인 방법들이 이제는 성령이 임함으로 저절로 멀어지고 끊어졌다. 지금은 내 모든 삶의 중심에 주님이 계신다. 세상이 알 수 없고, 세상이 줄 수 없는 평안이 내게 있다. 나의 시간과 물질도 주님 보시기에 기쁘고 선한 것 되기를 원한다. 나의 감정에 반응하고 나를 위해 살던 삶에서 주권을 하나님께 두는 그리스도인의 삶이 지속되길 소망한다.

주님께서 나를 택하시고 부르시고 세워가고 계심을 온전히 신뢰한다. 부족하고 연약한 나를 바라보지 않고, 하나님께서 주길 원하시는 그리스도의 신령한 복 안에 거함을 감사드린다. 무엇보다 시대를 분별하여 하나님의 비전을 위해 달려가는 생명의 공동체 안에서 신앙생활을 할 수 있게 해 주심에 감사드린다.

하나님께서 주신 재능을 통해 영혼 구원의 일을 하게 하심을 감사드린다. 나의 일과 삶이 분리되지 않고, 주께로 더 나아가야 할 자들을 만나게 하시고 서로 연결되어 교회로 세워져 가게 하시니 더없이 감사하다. 하나님 보시기에 가장 선한 것은 영혼을 구원하는 일이고 악한 것은 하나님을 떠난 모든 것이다. 주가 보시기에 선한 것들을 매순간, 내 평생 간구하며 주님 나라 위해 거룩한 도구로 쓰임받길 기도한다.

오늘의 나눔　예수 믿기 전과 후. 나의 모습 중 가장 큰 변화는 무엇일까요?

우리가 나타내야 하는 것은 하나님의 선하심입니다.
하나님 보시기에 선한 일은 영혼을 살리는 것입니다.

8.
결국, 사랑

경수경

    결혼 25년차가 되던 6년 전 가을이었다. 나는 아버님의 서툰 사랑 표현 방식에 더는 버틸 힘이 없는 상태가 되었다. 인내의 끝자락에서 위태롭게 서 있었다. 그렇다고 분가를 선택할 수도 없는 상황이었다. 남편은 맏아들로서 부모님과 사는 것을 당연하게 여겼다. 나는 시아버님께 받은 스트레스를 남편에게 풀었다. 그럴 때마다 남편은 나를 이해하고 공감해 주면서 미안해했다. 그럼 또 아무 일 없듯이 지나가기를 무한반복 했다.

    그리고 3년 전, 작은 아들의 대입을 위해 학원 가까운 곳으로 분가를 선택했다. 언제 그렇게 힘들었냐는 듯, 아버님과 함께 살지 못하는 아쉬운 마음과 더불어 가끔 얼굴을 뵈면서 좋은 모습만 남게 되니 더 애틋해지는 느낌도 들었다. 함께 살면서 서로를 미워하고, 나의 잣대로 아버님을 판단하지 않으니 얼마나 감사한지 모른다. 아버님은 아들의 대입도 해결되었는데 왜 들어오지 않냐 하시지만 서로의 편안함을 위해서는 이대로도 좋은 것 같다.

  22년이라는 시간동안 남편의 아내이기보다는 시부모님의 며느리라는
역할을 더 많이 했어야 했다. '그동안 의미 없는 시간을 보낸 것 같아.'
라는 생각이 들만큼 지난 세월들이 아까웠다. 서로 삶의 스타일이 다
르다는 걸 진즉에 이해할 걸, 분가를 뒤늦게 선택한 것을 후회하면서도
너무 늦은 분가로 어떻게 살아야할지 한동안 방황도 했다.

  그럴 때마다 나는 성경을 읽고 목사님의 설교를 들었다. 다양한 책
을 읽었다. 그리고 나를 세워갔다. 더불어 시어머님의 따뜻한 조언과
지지해주시는 말씀을 들으며 하나님께서 어머님의 입술을 통해 위로하
신다는 깨달음도 얻을 수 있었다.

  이제는, 희로애락 여러 감정을 겪었던 모든 삶의 모양들이 하나님의
섭리였음을 인정할 수 있다. 아버님과 함께했던 시간들은 나의 부족한
모습들을 적나라하게 들추어냈다. 그럼에도 불구하고, 하나님께서 나를
지켜주고 계심을 여러 도구와 사람들을 통해 알게 해 주셨다. 어떤 상
황과 사람을 만나게 되든, 사랑하는 마음으로 모든 걸 인정하고 이해할
수 있음을 말이다.

  내 평생 간직하고 싶은 단어는 '사랑'이다. 내 평생 하나님께 사랑 받
고, 나 또한 그 사랑을 전할 수 있는 사람이고 싶다. 그 사랑으로 세상
을 이기고 사람들을 품고 싶다. 세상이 말하는 사랑의 감정을 앞세우기
보다 하나님께서 말씀하시는 사랑으로 나를 먼저 세워나가길 소망한다.

그래서 내가 하나님의 사랑을 받고 있는 단단한 존재라는 것을 확실히 알고, 깨달은 은혜를 삶과 사람들 가운데 실천해 가고 싶다.

오늘의 나눔 처음에는 힘들었지만 결국에는 하나님의 사랑이었음을 깨닫게 된 경험이 있나요?

삶을 살아가는 방법이
하나님의 마음에 합한지 탐구하는 것,
우리 내면에서 이루어져야 할 일입니다.

9.
지금의 나를 있게 해 준 것들

백미정

짝!

20년 전, 남편 등짝을 때렸던 소리다. 겨울이면 입김이 나오는 14평의 집, 앞날이 어찌될지 모르는 깜깜하고 습한 현실의 조각들은 간간이 아니, 종종 삶의 반대편을 생각하게 했다. 신학 공부하고 있는 남편이 무능하고 밉게 보이기 딱 좋은 상황이었다.

나는 한 번씩 남편을 괴롭혔다. 집을 나간 것처럼 밤길 돌아다니기, 발을 동동 구르고 미친 사람처럼 소리 지르기, 펑펑 울기, 죽어 버릴 거라며 협박하기 등 그렇게 난 큰 일 날 사람으로 살았다.

"이야, 당신 변한 거 보면 하나님께서 살아 계시다는 걸 인정할 수밖에 없다."

몇 년 뒤 듣게 된 남편의 말이다. 이제 나는 밤길을 돌아다니지 않는다. 미친 사람처럼 발을 동동 구르며 소리 지르지 않는다. (남편과 아이들에게 잔소리할 때 목소리를 크게 내는 건 범주에 포함시키지 않았다.) 펑펑

우는 게 나쁜 건 아니지만 자기 연민으로 울지 않는다. 죽어 버릴 거라는 말도 하지 않는다.

하나님께서 나를 사랑하고 계신다는 사실, 늘 나와 함께하고 계신다는 느낌, 부인할 수 없는 진리의 말씀이 변화의 가장 큰 원동력이겠다. 그리고 나에게 허락해 주신 독서하고 글 쓸 수 있는 삶, 좋은 사람들을 만나게 해 주시고 소통으로 배움을 주시는 것, 끊임없이 성찰하는 마음을 허락해 주신 것, 변함없이 나를 사랑해주는 남편을 짝으로 보내주신 섭리 역시 지금의 나를 있게 해 주었다.

내가 평생 간직하고 싶은 단어는 '마음의 중심'이다. '본질', '동기'와 비슷한 뜻을 가지고 있다. 내 감정과 생각을 매 순간 점검하겠다는 의지를 담아 본다. 그래서 하나님께 인정받는 하나님의 자녀, 글과 말로 많은 영혼을 하나님께로 인도하는 사람으로 성장하고 싶다.

부끄러움과 수치심으로 가득했던 나에게 평안과 감사를 선물해 주신 하나님을 찬양한다!

오늘의 나눔 하나님이 내 곁에 계심을 느꼈던 적은 언제였나요?

늘 섬세하게 마음을 들여다보고,
늘 복음을 선택하는 내가 되기를 기도합니다.

10.
한결같으신

김경아

우지직.

찍.

뚝.

벽에 붙어 있는 장식들이 마음에 들지 않아 뜯어내는 소리다. 계절이 바뀔 때마다 유치원 벽면을 새롭게 장식하며 환경 바꾸는 일을 한다. 그런데 이번 합작품들은 고개를 끄덕일 수가 없었다. 원장인 내가 정한 규칙과 틀에 목표치가 도달되지 않았다는 것을 알게 된 순간부터 내 표정이 굳었음을 나도 알아챘다.

'뭐지?'

'내 말을 이해한 거야?'

'이게 최선인가?'

온갖 부정적인 단어들로 내면을 채우고 있었다.

"원장님은 평안한 표정으로 인정의 언어들을 전해 주시잖아요. 그게 참 매력 있어요. 예수님께서 제자들을 바라보실 때 그런 마음이었을까요?"

요즘에 와서야 듣는 이야기들이다. 오래 참고 기다리시며 나를 바라보시던 주님의 마음이 나와 함께하는 선생님들에게 전해지기까지 주님은 나를 단련시키신 것 같다. 이제는 함부로 선생님의 의견을 판단하지 않는다. 선생님들께서 애써 만들어 놓으신 작품에 함부로 손대지 않는다.

우물 안 개구리로 안주하며 살아가던 나를 사람들을 통해 세워가는 주님의 계획들을 떠올려 본다. 지금 누리고 있는 평안함을 위해 천천히 그리고 단단히 이끌어 주셨음을 새삼 깨닫게 된다.

처음과 끝이 언제나 같을 수는 없었지만, 주님께서 내 삶을 통해 행하신 일들은 나를 향한 '한결같으신' 사랑이었다. '한결같으신' 주님의 말씀 안에 거하며, 나와 우리 가족을 통해 행하실 일들을 기대하며 늘 주님께 질문하는 삶을 살아가려고 한다. 분노와 이기심 가득한 나였다. 이제는, 주님을 향한 열정과 삶을 향한 가지런한 태도를 가질 수 있도록 나를 바꾸어 주신 주님을 찬양하며 살아가려 한다.

조급함과 불안이 아닌 평안함으로 무장하여, 주 안에서 자유인으로 살아가게 하심을 감사드린다. 한결같으신 주님께 나 역시 한결같은 마음으로 감사해야겠다.

오늘의 나눔 한결같으신 주님의 사랑을 느꼈던 때는 언제인가요?

우리는 빛의 자녀들입니다.

story 04.

감사합니다 : 장미와 장미꽃 가시 모든 것에

1.
하나님과 동행하는 삶이 되기를

조미선

감사 하나.

'남들은 여행도 다니고 여가생활을 누리면서 잘 사는 것 같은데, 나는 왜 늘 바쁜 일들과 돈에 쫓길까? 이렇게 사는 게 맞는 걸까?'

하나님, 불안과 조급함에 마음이 무너질 때가 있습니다. 하지만 부끄러운 제 모습까지도 사랑으로 감싸주시고, 말씀 묵상과 독서로 저의 마음을 다시 세워주시니 감사합니다. 또한 남편과 아이들의 일상에 함께 해 주셔서 의미와 보람을 느끼게 하시니 감사합니다.

감사 둘.

좋아하면서도 잘할 수 있는 직업을 남편에게 주시고, 밝고 건강한 아이들이 서로를 의지하고 도우며 사춘기 시절을 잘 보낼 수 있도록 해 주신 하나님께 감사합니다.

직장생활을 통해 제가 좋아하는 일을 발견하게 하시고 이제는 남들을 도울 수 있고 함께 성장할 수 있는 기회를 주심에 감사합니다.

하나님께서 우리 가정에 계획하고 계신 일과 앞으로 이루실 일들이 너무 기대됩니다. 그동안 저의 걸음걸음마다 선한 길로 인도해 주시고, 함께하는 이들을 통해 배우고 성장하게 하신 하나님, 참으로 감사합니다!

감사 셋.

글을 쓰며 제가 잊고 지냈던 과거들을 생각나게 해주시고, 현재의 삶에 만족감을 주시니 감사합니다.

아이들을 키우면서 부모님의 은혜와 깊은 사랑을 느끼고 배웁니다. 저의 어린 시절 상처들을 아이들을 통해 치유하여 주시고 마음을 회복해 주셔서 감사합니다.

소중한 가족과 저의 일 덕분에 삶의 이유와 가치를 깨닫게 해 주심에 감사합니다.

건강한 몸과 마음으로 배우고 성장할 수 있게 해주셔서 감사합니다.

하나님의 선하심과 인자하심을 찬양합니다.

약한 저를 늘 변함없이 사랑으로 안아주시고 선한 길로 인도하여 주심에 감사합니다.

값없이 받은 하나님의 사랑하심과 선하심을 세상에 전하는 도구로 쓰임받기를 원합니다.

제 삶이 다하는 그날까지 하나님께서 허락해 주신 소명을 잘 감당하며 하나님과 동행하는 삶이 되기를 소망합니다. 이미 그렇게 하실 하나님을 찬양합니다.

오늘의 나눔 그동안 잊고 지냈던, 지금 떠오르는 과거의 내 모습은
어떠했나요?

우리에게 주어진 일상, 감사함으로 채워 나갑시다.

2.
바꾸어 나가라

유명순

감사 하나.

너무 지치고 피곤한 날이 있다. 그럴 때면 남편에게는 마음껏 짜증을 냈다. 그리고 남편이 가끔씩 말실수를 하면 늘 고쳐 주려고 하는 내 모습을 본다. 남편을 나의 감정 분출구로 대하고 가볍게 여겼던 내 마음을 주님 앞에 내어 놓는다. 하나님은 성경 말씀을 생각나게 하셨다.

내가 그리스도와 십자가에 못 박혔나니 그런즉 이제는 내가 사는 것이 아니요 오직 내 안에 그리스도께서 사시는 것이라.

갈라디아서 2장 20절

하나님께 죄송해서 침묵을 선택했다. 남편에게도 미안하고 부끄러웠다. 이제는 피곤하거나 남편의 실수를 대할 때면 우선 감정을 조절하기 위해 샤워를 한다. 그리고 일찍 잠을 청하며 기도를 드린다.

"하나님 아버지, 연약한 이 딸을 용서해 주세요." 나도 모르게 눈물이 흐른다. '성령 충만으로 넉넉히 감당하기를, 무릇 네 마음을 지켜라.' 주님의 말씀이 귓가에 맴도는 것 같다. 때를 따라 알맞은 말씀과 깨달음을 주시는 하나님께 감사드린다.

감사 둘.

"우와! 멋지다! 감사합니다."

모처럼 가족들과 여행을 가는 날이었다. 비가 조금씩 내렸지만 비행기가 이륙할 때 날이 개었다. 비행기 안에서 예쁜 구름과 하늘을 구경하며 어린 아이처럼 감탄사를 연발했다. 소중한 경험과 깨끗한 자연을 허락해 주신 하나님께 감사했다.

감사 셋.

심방 간다는 생각으로 사부인이 계시는 교회 1층 어느 방으로 찾아갔다.

"사부인, 몸이 편찮으신데 사위와 딸의 권면에 교회 와 주셔서 다시금 감사드립니다. 우리 며느리가 좋아하는 '저 장미꽃 위에 이슬' 찬송가를 함께 부르면 좋겠어요."

두 손녀, 사부인과 함께 하나님께 예배드리며 찬송가를 불렀다.

"하나님의 나라가 우리 안에 있다는 확신 가운데, 기도할 수 있는 은사 또한 우리에게 주셨으니 앞으로도 아이들을 위해서 함께 기도드려요. 우리 몸은 늙어가지만 하나님께서 지켜주고 계시니 감사한 일입니다."

사부인과 말씀을 나누며 기도할 수 있는 은혜 주신 하나님께 감사했다.

하나님의 복음을 전할 수 있도록 저를 사용하시는 하나님, 감사합니다.

하나님께서 주신 재능인 꽃꽂이를 통해 복음을 전하는 도구로 쓰임 받을 것을 생각하니 감사합니다.

문제를 문제로 여기지 않고 저에게 주신 하나님의 선물이라는 생각으로 해결책을 찾을 수 있는 지혜를 구합니다. 바꾸어 나가라는 말씀을 기억하며 하나님 앞에 아뢰는 시간에 감사합니다. 지금처럼 늘 저와 함께해 주실 하나님을 찬양합니다. 할렐루야!

오늘의 나눔 오늘 감사한 것 3가지를 나누어 볼까요?

하나님과 감사를 늘 의식하는 내가 되자!

3.
역전

저의 아집과 편견은 하나님께 가까이 가는 길에 큰 걸림돌이 되곤합니다. 하나님과 멀어지니 기도가 안 되고 마음만 답답해집니다. 그러나 저의 푸념 섞인 기도조차도 들으시는 하나님은 굳은 마음을 녹이시고 합당한 기도로 바꿔 주시니 감사합니다.

감사 둘.

지난주엔 오랜만에 어린이집 방학을 맞이한 손주 주안이를 돌보게되었습니다. 존재 자체로 행복을 주는 손자, 손녀에겐 끊임없이 애정을 퍼붓게 됩니다.

'우리를 바라보고 계시는 하나님 마음이 바로 이러하실까?'라는 생각에 미소를 짓다가 이내 '아들을 키울 때 이런 여유로운 마음으로 양육을 했더라면 어떠했을까?' 하는 아쉬움이 가득합니다. 방황하던 아들을 향한 미안함에 울컥하기도 하고요.

어느덧, 두 아이의 아빠가 된 아들입니다. 책임감을 가진 가장의 역할을 감당할 수 있도록 든든한 아들로 키워 주신 하나님께 감사할 따름입니다.

감사 셋.

"하나님, 정말 감사합니다. 주신 은혜가 너무 커서 눈물이 날 지경입니다."

저에게 글을 쓸 수 있는 건강과 의지, 그리고 그토록 가지고 싶어 했던 긴 통나무 테이블과 예쁜 의자 주심에 감사합니다. 창밖 하늘과 바람을 보고 느끼게 하시고, 새들의 지저귀는 소리까지 듣게 해 주시는 하나님께 감사를 드립니다.

지난 삶의 여정 가운데 피하고만 싶었던 고난도 값진 보석으로 바꾸어 주신 주님을 찬양합니다. 연약한 저를 주님의 강한 손으로 이끄시고 가장 선하게 인도해 주실 것을 믿고 감사 기도를 드립니다.

오늘의 나눔 당신의 삶 가운데 가장 감사한 일은 무엇인지 나누어 볼까요?

감사, 반드시 표현해야 합니다.

4.
감사 그리고 감사

김미옥

감사 하나.

더 희생하고 더 열심히 해야 하고, 심지어 하기 싫은 일도 해야 할 것 같은 부담감이 들면 나를 사랑하시는 좋으신 하나님을 생각하지 못한다. 이런 마음에 사로잡히면 짜증이 나고, 반발심이 든다. 나의 믿음과 마음이 아닌, 사람들의 생각과 평가에 눈치를 보게 되는 내가 싫다.

"더 열심히 해야 한다. 성과를 이루어내야 한다."라는 말을 들으면 압박감 때문에 화가 난다. 그럼에도 불구하고 한없이 부족하고 연약한 나를 하나님의 일꾼으로 택하여 주신 것에 감사하다. 부담감이 때로는 영적으로 나태해지는 나를 일으켜줄 때도 있음에 감사하다.

감사 둘.

"힘들어도 좋은 추억이 될 거야. 우리가 언제 다시 함께 만나서 시간을 보낼 수 있겠어?" 각자 다른 나라에 살고 있는 세 자매와 그들의 자녀들이 우리 집에 모였다. 방 두 칸짜리 작은 아파트에 열 명이 부대끼니 정신이 없다. 그래도 아이들은 잘 놀고 잘 먹고 잘 웃고 잘 화내며 잘 지냈다. 특별한 지금의 여행이 우리 삶에 좋은 추억으로 남기를 바란다.

아픈 누나를 챙겨주는 열 살짜리 조카를 보며 울컥했다. '참 착한 녀석이다.' 생각했다. 아이들이 성장하고 자립해 나가는 것은 서운한 일이 아니라 감사한 일이라는 것도 깨달았다. 그래서 이제 곧 고등학교에 입학할 큰 딸을 보며 걱정보다 감사한 마음이 들었다.

감사 셋.

글쓰기 수업을 듣는 나를 위해 거실을 내주고 방에 들어가 조용히 있는 착한 딸들, 목이 마른 나를 위해 물을 떠다 주는 남편이 있어 감사합니다. 손님들을 챙기느라 바쁘고 피곤하지만 글을 쓸 수 있는 마음의 여유와 생각할 힘이 있음에 감사합니다.

앞으로 일어날 기쁜 일, 힘든 일들에 미리 감사합니다. 그 가운데 하나님께서 함께해 주시고, 선한 뜻을 보여주시고, 감당할 힘을 주실 것을 믿고 감사합니다. 제 삶을 통해 예수님을 닮아가도록 일하실 하나님을 바라보며 인내하고 지금처럼 늘 감사할 수 있기를 기도합니다.

오늘의 나눔 　지금 이 순간 감사한 것은 무엇인가요?

언제나 감사하자.
더 깊게 감사하자.
더 넓게 감사하자.

5.
하나님의 손 붙잡고

홍효정

감사 하나.

평온해 보이는 사람들의 모습.

'저들은 근심, 걱정이 없는 것일까? 나는 왜 이렇게 답답하고 힘들지?'

불안함과 답답함이 맞물려 모든 것이 힘들게 느껴질 때가 있었다. 그리고 이내 무기력으로 빠져들었다. 그 순간, 여지없이 나를 건져내어 끌어주시는 하나님을 느낀다. 내 생각과 감정보다 훨씬 더 중요한 하나님의 존재. 나의 모든 것을 알고 계시는 하나님의 존재. 지금 평온할 수 있는 이유, 어제나 오늘이나 영원히 변치 않으시는 하나님 덕분이다.

감사 둘.

"그래. 잘하고 있어."

"어떻게 그런 멋진 생각을 할 수 있는 거니?"

사람들이 하는 말에는 그 사람의 마음이 담겨있다. 나의 존재를 세워주는 사람들의 말을 들으며 하나님께 감사하게 된다. 하나님께서 좋은 사람들을 나에게 많이 보내 주신다. 이제는 나도 말로써 사람들의 영혼을 돕는 자가 되길 원한다. 말씀이 육신이 되어 이 땅에 오신 예수님을 본받아, 말의 힘을 믿고 이 땅에 나를 보내신 하나님의 뜻에 순종하길 원한다.

감사 셋.

마음의 평안을 주시는 하나님, 감사합니다.

제가 보고 느끼는 모든 것이 하나님의 놀라운 창조의 손길임을 알게 해 주시니 감사합니다.

혼자만의 시간에 이렇게 글을 쓸 수 있는 저의 모습에도 감사합니다.

지금까지 저를 인도해 주신 하나님, 삶의 매 순간 하나님의 손길이 닿지 않았던 적이 없음을 고백합니다. 호기심 많은 어린 아이처럼 하나님의 손을 뿌리치고 제가 가고 싶은 길로 마음대로 갔던 적도 있습니다. 하지만 하나님은 제가 손만 뻗으면 잡을 수 있도록 늘 곁에 계셨어요. 이제는 하나님 손 놓지 않고 언제나 동행하는 제가 되겠습니다.

저를 향한 하나님의 사랑에 언제나 감사합니다. 하나님, 감사합니다.

오늘의 나눔 어려운 상황인데도 감사를 하게 될 때 나에게
생기는 변화는 어떤 것이 있을까요?
감사를 하면서 더 좋아졌던 경험이 있었을까요?

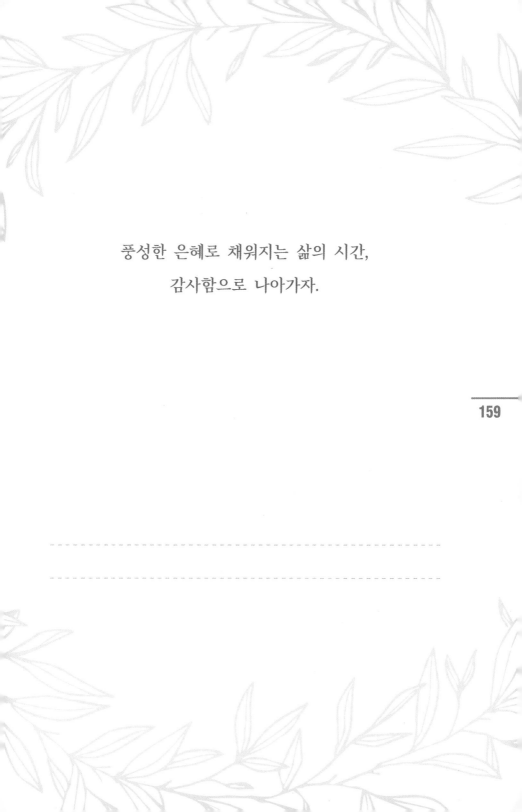

풍성한 은혜로 채워지는 삶의 시간,

감사함으로 나아가자.

6.
주님이 하셨습니다

감사 하나.

'누군가와 함께 하고 싶은데 왜 내 주변엔 연락할 사람이 없을까?'

지인들의 얼굴을 한 명씩 떠올리며 나와 함께 할 시간이 없을 거라는 혼자만의 생각을 하다 보면 우울감이 엄습해 오곤 합니다. 하지만 연약한 제 마음을 꼭 잡아주시며 내가 너와 함께한다고 말씀해 주시는 하나님이 계심에 감사합니다.

감사 둘.

'이 친구는 마음이 참 예쁘구나!'

'좋은 학생들과 수업을 할 수 있어서 행복해.'

'하루하루가 선물이고 축복이야!'

소소한 일상 속에서 감사를 발견하게 해 주시는 주님, 감사합니다.

나의 부족함을 아시고 채워주시는 주님, 감사합니다.

나의 필요를 먼저 아시고 준비해 주시는 주님, 감사합니다.

감사 셋.

가족이 3주 동안 에스토니아에 와서 함께 지낼 수 있도록 시간과 물질, 모든 상황을 준비해 주신 주님, 감사합니다.

또한 이 시간 글을 쓸 수 있는 시간이 주어짐이 놀랍습니다. 주님이 하셨습니다. 감사합니다.

그리고 이 세상은 전쟁, 자연재해, 폭동, 온갖 아픔으로 힘든 시간을 겪고 있는 사람들이 많지만 제게 평안함을 주신 주님께 진심으로 감사드립니다.

하나님께서는 저보다 앞서서 모든 것을 계획하시고 예비하셨습니다. 앞으로 나아가는 길도 하나님께서 인도해 주실 것에 감사를 드립니다. 이제 곧 가족이 함께 모여 살 수 있도록, 주님의 자녀로 잘 살아갈 수 있도록 모든 것을 계획하시고 준비하고 계심을 믿습니다. 그대로 이루어 주실 줄 믿으며 감사합니다. 할렐루야! 주님을 찬양합니다.

오늘의 나눔   지금 생각나는, 하나님께 감사한 것은 무엇인가요?

어떠한 삶의 모양도 감사함으로 받으면

버릴 것이 없습니다.

7.
다시 생각해 본다

임미영

나를 힘들게 하는 원인은 외부에 있지 않았다. 내부에 있는 결핍과 오해가 늘 문제였다. 돌아보면 모든 문제와 답은 결국 내 안에 있었다.

남편과 아이들이 나를 무시하고 있다는 생각이 들면, 자책하고 있는 나를 보게 된다. 나는 위축된다. 그리고 생각한다.

내가 조금 더 수용적이고, 성숙한 사람이 되기 위한 훈련의 도구가 가족이 아닐까 하고 말이다. 이들이 아니면 나는 관계의 소중함을 깨닫지 못하고, 나 자신을 들여다보지도 못한 채 살아갈 수도 있을 것이다. 이들이 아니면 나는 '관계'에 대해 신중하게 재고해 보지 못했을 것이다. 가족이 갖는 의미를 다시 되짚어본다.

남편은 주님이 보내주신, 나에게 꼭 맞는 최고의 사람이다. 아이는 내가 끝까지 견딜 수 있는, 견뎌내야 하는 대상이기에 더 깊은 성찰과 회개로 나아가게 해 주는 존재다.

'주님은 내가 더 자라나길 원하셔. 주님은 늘 나를 기대하셔.' 나를 돌아보게 해 주시는 하나님께 감사드린다.

글을 쓰고 있는 지금 이 순간, 하나님께 감사드립니다. 이 시간을 통해 주님의 마음을 더 알게 하시니 감사드립니다. 특히 큰 아이의 사춘기를 통해 부모의 마음, 주님의 마음을 더 알게 하시니 감사드립니다. 온전한 부부의 연합이 부모와 자녀의 연합으로 확장되는 길임을 깨닫게 하시니 감사드립니다. 가정의 연합이 견고한 주의 교회가 세워지는 초석이 됨을 깨닫게 하시니 감사드립니다.

저에게 관계 훈련을 견딜 수 있는 변함없는 사랑 주셔서 감사드립니다. 주님과 온전히 연합되므로, 주님 허락하신 모든 관계 안에서 그리스도의 화평을 이루게 하실 것을 믿고 미리 감사드립니다.

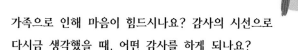

오늘의 나눔 가족으로 인해 마음이 힘드시나요? 감사의 시선으로 다시금 생각했을 때, 어떤 감사를 하게 되나요?

어떤 상황 속에서도 감사로 재해석할 수 있는 능력,
믿음의 또 다른 고백입니다.

8.
믿고 따르겠습니다

경수경

감사 하나.

'누구는 부모 잘 만나서 외국 유학도 다녀오고, 평생 돈 걱정 없이 하고 싶은 거 다 하고 사는 것 같아.'

경제적으로 잘 사는 사람들을 보면 시기와 열등감 때문에 내 존재의 가치는 잊고 나만의 동굴 속으로 들어가곤 했습니다. 그럼에도 불구하고 하나님께서는 너라서 좋다고 말씀하시며 제 곁에 있는 사람들과 저의 존재 가치들을 발견하도록 해 주셔서 감사합니다.

감사 둘.

'이만하길 다행이지. 하나님이 지켜주셨네.'

'아프지 않고 가족 모두 몸이 건강하니 얼마나 다행이니?'

'주위를 둘러봐. 내게 도움을 주려는 사람들이 이렇게 많잖아?'

사람들을 통해 축복의 통로를 열어주실 것을 기대하며 교회를 만들어가게 하시니 감사합니다.

감사 셋.

좋은 배필을 허락해주셔서 이해와 존중받는 아내가 되게 하시니 감사합니다.

큰딸과 작은 아들을 선물로 주셔서 엄마로 성장하며 기쁠 때는 함께 기뻐하고 힘들 때는 서로 기도하게 하시니 감사합니다. 저를 사랑해주는 믿음의 자녀들과 공동체를 이루며 신앙의 성장이 있게 하시니 감사합니다.

지금까지 변함없는 사랑으로 인도하신 하나님, 감사합니다. 불안하고 두려운 삶의 여정 가운데 한결같은 돌보심 덕분에 여기까지 왔습니다. 어디로 가야할지 어떻게 해야 할지 모르지만 믿음이라는 무기를 허락하신 하나님께서 늘 동행하여 주실 것을 믿고 따르겠습니다. 하나님, 사랑해요.

오늘의 나눔   지금 떠오르는 하나님의 말씀은 무엇인가요?

감사가 넘칠 수 있는 방법,
하나님의 말씀 속에 있습니다.

9.
마지막엔

백미정

172

감사 하나.

'남들은 돈 잘 벌고 사회에서 인정받으며 모든 걸 누리면서 살고 있는 것처럼 보여. 부족한 게 너무 많은 나는, 이대로 괜찮은 걸까?'

불안과 열등감이 무기력과 자책으로 커져 힘들 때가 있습니다. 그럼에도 불구하고, 야단치지 않으시고 제 마음을 위로해 주시며 함께해 주시는 하나님을 느낍니다. 하나님의 말씀과 존재에 감사합니다.

감사 둘.

'내 곁엔 좋은 사람들이 너무 많아. 이것도 복이야.'

'하나님께서 무한 축복을 주실 것 같아. 기대가 돼.'

'모든 사람에게서 배울 점을 찾아보자.'

하나님께서 주실 복을 기대하게 하시고, 저에게 보내주신 좋은 사람들과 소통하며 늘 배우게 해 주시는 하나님, 감사합니다.

감사 셋.

지금 이 순간, 하나님께 감사합니다.

작가님들과 하나님을 찬양하는 글을 쓸 수 있도록 상황과 마음을 허락해 주셔서 감사합니다.

아름다운 만물을 만들어 주시고 건강한 눈과 베란다 창문을 통해 푸른 산을 보게 해 주시는 하나님, 감사합니다.

지금까지 저를 인도해 주신 하나님, 앞으로도 저의 모든 것을 주관하여 주시리라 믿습니다.

좌로 우로 치우치는 과정이 있을지언정, 마지막엔 하나님과 말씀을 선택하는 제가 될 수 있도록 늘 동행해 주실 것을 믿습니다.

변함없으신, 전지전능하신, 사랑과 공의의 하나님을 찬양합니다.

하나님, 감사합니다!

오늘의 나눔   하나님께 감사하는 글을 읽으면서 어떤 생각이 들었나요?

내 삶을 변화시킬 수 있는 최고의 능력, 감사입니다.

10.
순종 그리고 공동체

김경아

감사 하나.

"이렇게 하면 잘 될 거야."

"이것이 최선이야."

"그래, 최고야."

나를 다독이며 한 길만을 바라보고 걸어온 세월이 30년 넘었다.

다독이면 다독일수록 꽁꽁 싸맨 나만의 세계 속에서, 나를 짓누르고 있는 초조함과 무기력증에서 허우적거리는 또 다른 내가 보인다. 그런데도 올곧게 한 길만을 걷게 하시고, 내게 주신 하나님의 명령이 반복되는 삶 가운데 '순종'이라는 기쁨을 경험할 수 있게 해 주셔서 감사하다. '순종이 제사보다 낫다.'라는 성경 말씀을 마음에 새긴다. 하나님께서 나를 지켜주고 계심을 느낀다.

감사 둘.

순종으로 맺어진 주님의 공동체 안에 있는 사람들과의 삶이 나에게
는 살아가는 이유 중 하나다. 그분들은 내가 주님 앞으로 갈 수 있도
록 해 주는 원동력이기 때문이다. 오늘도 공동체 안에서 모든 삶을 배
운다.

"모든 일에 감사하자."

"어떤 상황에서도 감사하자."

"하나님의 인도하심을 기뻐하자."

하루를 시작하고 마무리할 때 소리 내어 선언한다. 주님의 공동체
안에서 각자가 가지고 있는 다름을 인정함에서 오는 축복의 말들이기도
하다. 모든 일상을 은혜 안에서 누리며, 나에게 주신 사명을 오늘도 기
억해 본다. 그리고 겸손의 자세로 납작 엎드리는 연습을 한다.

감사 셋.

나를 하나님의 자녀로 이 땅 가운데 존재하게 하신 하나님, 감사합
니다. 내 안에 '나'는 내려놓고 주님이 그토록 원하시는 공동체 안으로
들어가는 훈련에 참여할 기회를 주심에 감사합니다. 불순종의 악을 하
나씩 끊어내 가시며, 참된 순종의 자리에 거할 수 있도록 하루하루를
붙드시니 감사합니다.

나약하고 부족한, 이기심 가득한 욕심쟁이를 하나님의 자녀답게 세
상의 빛과 소금이 되도록 빚어주시는 하나님, 감사합니다. 제 안에 주
신 잠재력의 씨앗들을 하나씩 꺼내 심어보겠다고 다독여 주시고, 이끌

어 주시고, 결실의 열매들을 하나씩 보여주시는 하나님, 감사합니다. 하나님의 지경을 넓혀갈 수 있는 하나님 자녀 되도록 기도의 자리, 말씀의 자리에 있게 해 주옵소서. 지금까지 저를 인도해 주신 하나님을 찬양합니다!

오늘의 나눔 '감사' 단어가 들어가는 나만의 한 문장 명언을 만들어 볼까요?

감사가 내 삶을 지배할 수 있기를 바랍니다.

story 05.

하나님의 일기 : 보시기에 좋았더라

1.
이 모든 것은 복음을 전하는 데 사용할 거야

유명순

성탄절을 앞두고 있던 추운 겨울날이었어. 명순이 너는 농촌 노인의 가정에 막내로 태어났지. 엄마 젖을 물지도 않고 이틀 동안 움직이지도 않아서 온 가족이 마음을 졸였어. 나는 너를 사랑하는 마음으로 생명에 힘을 더 불어 넣어 주었어. 너는 나의 사랑과 가족들의 사랑을 받으며 유년 시절을 보냈단다.

너의 초등학교 6학년 시절, 비극이 생겼다. 큰오빠가 교통사고로 사망하고 가세가 기울어져 이사를 하게 되었지. 선생님은 네가 중학교로 진급하길 간절히 바라시며 자전거를 타고 여러 번 가정 방문을 해 주셨어. 너도 기억하고 있지?

이사한 마을 운동장에서 교회 선생님께 전도를 받아 다시 교회에 나가게 되었지. 너는 여름 성경학교, 겨울 성경학교를 다녔던 것을 기쁜 추억으로 간직하고 있구나.

병세로 고생하시던 아버지는 위암 판정을 받으셨어. 무더운 여름날, 옷 입는 것조차도 힘겨워하시던 아버지의 모습을 떠올리고 있구나. 하지만 아버지의 뜻을 따라 가족들이 신앙생활 할 수 있었던 것이 진짜 복임을 너는 잘 알고 있었어. 네가 열여덟 살이 되던 해, 가족들의 찬양 속에 아버지는 천국으로 가셨지.

"공을 차고 있나 봐."
네가 아들을 임신하고 있을 때, 너의 배를 마사지 해주던 남편의 말을 떠올리니 웃음이 나는구나.

> 또 어려서부터 성경을 알았나니 성경은 능히 너로 하여금 그리스도 예수 안에 있는 믿음으로 말미암아 구원에 이르는 지혜가 있게 하느니라. 디모데후서 3장 15절

성경 말씀으로 태교하고 양육하는 너희 부부의 노력, 참 아름다웠지. 믿음의 공동체에서 아이는 잘 자랐어. 너는 아들을 향한 사랑과 너희 가정을 소중하게 여기는 마음으로 성실한 삶을 살았어.

너는 아들의 진로를 위해 작정 새벽 기도를 했지. 그때 차량 봉사로 함께했던 아들의 친구 엄마는 내가 너에게 보내준 믿음의 동역자였어. 아들이 예술고등학교에 합격해서 너희가 좋아했던 것을 기억하고 있단다.

너의 아들에게 언어의 복으로 성악을 하게 하고 아픈 가운데서도 졸업 연주회를 무사히 마치게 함은, 너희 가정을 향한 나의 사랑이었

단다. 좋은 선생님과 좋은 사람들을 만나게 한 것도 내가 예비한 복이었어.

아들은 카네기홀 연주회를 다녀와 많이 힘들어 했지. 그리고 병원에서 양극성 정동장애 진단을 받게 되었어. 아들의 약봉지를 한 움큼 들고 벌벌 떨고 있던 너를 기억하고 있단다.

밤마다 교회에서 기도했던 너의 모습도 눈에 선하구나. 그때 내가 너를 다시 인격적으로 만나준 거야. 병든 자, 가난한 자, 나약한 자들이 아들의 찬양을 통하여 회복의 은혜를 입기 원한다고 기도했잖니. 나는 너에게 기도의 동역자를 만나게 해 주었고 함께 기도하며 악한 영과 싸워서 승리하게 했단다. 고통을 잘 연마하는 너의 성숙한 모습을 보게 되었어. 온전히 나만 의지하는 너의 기도와 찬양을 기쁜 마음으로 받았단다.

너의 회개의 기도를 통해 나는 너의 아들을 회복시켜 주었어. 그리고 너의 아들은 아이들을 양육하는 교사로, 하나님을 찬양하는 자로 쓰임 받고 있지.

명순아!
너는 배움을 갈망하고 있구나. 그래. 늦은 때라는 건 없어. 내가 너의 길을 예비해 주마. 주경야독하는 성실한 너를 응원하고 있다는 걸 기억해 주었으면 해. 남을 위해 살겠다는 너의 다짐도 참 멋져.

피아노를 배우고 있는 네 모습, 얼마나 아름다운지 모르겠다. 너의 선생님이 너를 통해 은혜를 나눌 수 있다고 고백했던 그 자리에 내가 있었어. 내가 너에게 달란트로 준 꽃꽂이와 함께 이 모든 것을 복음을 전하는데 사용할 거야. 준비하며 기도하여 너의 노년의 사역들을 펼치기를 바란다. 말씀과 기도가 기둥이 되고 사랑과 겸손이 지붕이 되어 예수 그리스도의 공동체를 이루어 가길 바란다.

너를 후원해 주는 남편은 내가 너에게 준 가장 큰 보석이자 선물이니 잘 섬기고 그를 위해서 기도하렴.

명순이는 잘 할 수 있을 거야. 널 믿어.

오늘의 나눔   하나님을 인격적으로 만났던 때는 언제인가요?

복음에는 하나님의 의가 나타나서
믿음으로 믿음에 이르게 하나니
기록된 바 오직 의인은
믿음으로 말미암아 살리라 함과 같으니라.

로마서 1장 17절

2.
대견하구나

전숙향

숙향아!

나는 일 년 중 네가 가장 좋아하는 가을에 너를 이 세상에 보내기로 작정했단다.

너는 태중에서부터 보릿고개를 겪으며 다섯 형제 중 가장 적은 몸무게를 가지고 태어났었지. 연약한 몸이었지만 앞으로 빛날 너의 인생과 열정을 나는 알고 있었단다.

어린 시절, 아빠의 그윽한 사랑을 느끼기보다 엄마의 뾰족한 잔소리에 주눅 들고 상처받으며 아파했었지. 웅크린 채 혼자 있는 너를 바라보던 내 마음도 아팠단다. 그때의 일이 너를 성숙하게 하는 훈련의 첫걸음이었다는 사실을 지금은 너무도 잘 알고 있구나.

20대가 된 너는 내가 너에게 허락해 준 남자에게 열정을 쏟았지. 나에겐 관심조차 없으면서 사랑의 완성을 이룬 것처럼 결혼한 너였어.

얼마 후, 너의 가장 든든한 버팀목이었던 아빠가 갑자기 나에게 오는 일이 일어났다. 이루 말할 수 없는 큰 충격과 슬픔 가운데서도 너는 나의 존재를 깨닫기 시작했고 나를 찾았어. 네가 나를 찾게 될 그 날을 얼마나 기다렸는지 아니? 감격과 기쁨 그 자체였단다.

하지만 너는 나를 만난 후로도 한동안 너의 옛 습관들이 바뀌지 않더구나. 열심히 살아온 너의 인생 가운데 나의 마음을 흡족하게 한 적도 많았지만, 수시로 세상을 좇아가는 네 모습을 볼 때마다 안타까웠단다. 사랑하는 너에게 줄 선물과 계획들을 어쩔 수 없이 수정해야 할 때면 고통스러웠어.

하지만 숙향아!

너와 함께할 수 있었던 지난 삶의 여정, 행복했단다. 희로애락의 세월을 지나 어느덧 60대가 된 너를 지그시 바라본다. 이제는 나를 '너의 삶의 주인'으로 온전히 인정해 주며 너를 향한 나의 계획도 진지하게 물어오니 대견하구나.

태초부터 내가 너를 선택하고 사랑하며 기다려 주었듯, 너도 나의 사랑을 흘려보내고 나눠줄 수 있겠니?

너라면 잘할 수 있을 거야.

나는 너를 믿어!

하나님께서 당신에게 "대견하구나!"라고 말씀해주신
적이 언제였던 것 같나요?

너희는 그 은혜에 의하여
믿음으로 말미암아 구원을 받았으니
이것은 너희에게서 난 것이 아니요
하나님의 선물이라.

에베소서 2장 8절

3.

뿌리 깊은 나무가 되어

홍효정

5월의 싱그러운 푸름이 시작될 때 효정이 너를 세상에 보냈다.

너의 삶은 기쁠 때도 힘들 때도 있었지. 때론 왜 너에게 이런 일들이 생기게 되었는지 나에게 질문도 하고 말이야. 너의 아픈 경험들이 얼마나 소중한지 깨닫게 될 거야. 내가 너를 사랑하지 않아서가 아니다. 더 깊고 넓은 사람이 되어 가는 과정에 너를 두었다. 그렇게 하나 둘, 네 삶의 크고 작은 역경과 어려움을 나는 너와 함께 하기로 작정하였다.

네가 견뎌 내야 하는 고통은 나의 쓰리고 아픈 마음이 되겠지. 하지만 너는 그 어두움을 빛으로 만들어 가는 과정을 느끼며 배울 것이다. 나는 안다. 너는 그 어느 때보다도 나와 함께 하기를 원하고, 내 안에서 숨 쉬고 평온을 얻게 된다는 것을 말이다. 뿌리 깊은 나무가 되어 가는 너를 보며 나는 흐뭇할 것이다.

효정이의 10대.

다른 집들은 아이들이 부모 속을 상하게 한다는데, 효정이네는 효정이를 무한 사랑하는 아빠로 인해 매번 불안과 공포에 떨어야 했다. 반찬투정하지 않고 주는 대로 음식을 다 먹는 자녀들 앞에서 식사 때마다 불평과 불만이 많았던 아버지. 때문에 효정이는 불편한 감정을 느꼈을 때가 한두 번이 아니었다. 아버지가 밥상을 엎어버리는 행동으로 식사 시간은 마무리 되었다.

'아, 제발. 뭐가 맛이 없는데요? 반찬 투정하는 것이 세상에서 제일 싫다.' 효정이는 이런 생각을 하며 일용할 양식을 주는 나에게 감사하는 것이 몸에 베이게 되었다.

효정이의 20대.

나에 대한 열정으로 가득 찼던 20대의 효정이는, 나를 알아가는 모든 과정을 즐거워했다. 나를 인격적으로 만난 후 효정이의 삶에는 활력과 생기가 넘쳐 났다. 그로 인해 기도했던 일들도 하나둘씩 채워지는 경험을 했다. 나와의 만남은 효정이가 넘어지고 쓰러질 때마다 다시 일어설 수 있는 에너지가 되었다.

효정이의 30대.

효정이는 결혼생활과 예쁜 자녀를 키우는 것이 즐거웠다. 평온하고 안정적인 삶이었다. 행복이 무엇인지 알지 못했던 효정이는 오랫동안 기도로 준비했던 결혼생활이 주는 안정감과 행복을 누릴 수 있어 더없이 좋았다.

효정이의 40대.

행복과 불행은 한 끗 차이라고 했던가.

계속 꽃길만 걸을 수 있을 것 같은 시간 속에 사랑하는 가족들의 죽음을 경험하게 된 효정이. 이로 인해 효정이는 삶에 대해 다시금 성찰해 보게 된다. 이별의 아픔으로 오랜 슬픔에 젖어 있을 무렵, 산 넘어 산처럼 아이들과의 관계는 어두운 터널이 되어 버렸다. 빛이라고는 한 줄기도 보이지 않던 그 때, 효정이는 인생 가운데 가장 힘든 시간을 버티고 있었다.

그러나 터널은 언젠가 끝이 있을 것이라는 희망을 버리지 않았다. 효정이는 자신의 지금 이 시간은 아파하고 있는 또 다른 누군가를 도울 수 있는 시간이 될 것이라는 확신을 가졌다.

'내 앞의 시간은 또 어떤 풍경들이 펼쳐질 것인가?

위기가 닥칠 때마다 나에게 실망하겠지?

하지만 하나님께서는 나를 또 일으켜 세워주실 거야.

나는 더 단단해지고 유연해져 있을 거야.'

효정이의 다짐이 기특했다.

나는 안다.

효정이는 나의 계획과 뜻과 마음을 더 깊이 알게 될 것이다.

사랑하는 나의 딸 효정아,

네가 나에게 "하나님, 저를 사랑하기는 하세요?"라고 물었던 적이 있었지?

나는 너를 선택했단다.

그리고 나는 단 한 번도 너를 사랑하지 않은 적이 없단다.

생명이 되기 전부터 너를 사랑하고 있었어.

너도 알고 있지?

희로애락 모든 삶 거쳐서 지금까지 잘 살아와 주어 고맙다.

앞으로도 지금처럼, 나의 큰 뜻 가운데 우리 함께 하자꾸나.

너는 뿌리 깊은 나무가 될 거니까.

오늘의 나눔
나를 향한 하나님의 마음을 느껴본 적이 있나요?
하나님의 마음을 느꼈던 벅찬 순간을 어떻게 표현해
보았나요?

그가 너로 말미암아 기쁨을 이기지 못하시며

너를 잠잠히 사랑하시며

너로 말미암아 즐거이 부르며 기뻐하시리라 하리라.

스바냐 3장 17절

4.
그런 딸이다

김미옥

  겨울의 냉기를 몰아내고 따뜻한 봄기운을 불러오는 4월을 닮은 아이. 미옥이는 1980년 4월에 세상에 보내졌다. 얼어붙었던 땅을 뚫고 자라나는 새싹처럼 씩씩하고 밝은 나의 딸은 세상에 나의 온기와 사랑, 위로의 말을 전하는 아이였다. 그러나 이 딸이 자라고 열매 맺기 위해서는 슬픔과 외로움 속에서 인내하며 고난과 어려움 속에서 연단 받아야 했다.

  미옥이는 가난하고 다툼 많은 가정의 셋째 딸로 가족들의 무관심 속에서 자랐다. 부모의 사랑, 친구의 우정을 갈구했지만 바라는 바를 얻지는 못했다. 결국 스스로를 사랑하기로 결정했고, 장차에는 자신이 좋은 어머니, 지혜로운 아내가 되기를 꿈꿨다. 나는 알았다. 이 딸은 결코 외로움과 슬픔으로 인해 절망하지 않고, 아름다운 꿈을 꾸며 나를 찾아오리라는 것을.

'나는 도대체 왜 살아야 하는 거지?'

'저 강물에 뛰어들어 죽어버렸으면 좋겠다.'

한동안 미옥이는 죄의식과 반발심, 허무함에 시달리며 방황했다. 감정적이고 제멋대로인 이 딸은 목포로 제주도로 무작정 떠나버렸고, 학교도 재적 당할 위기에 처했다.

나는 이 딸과 동행했다. 믿음의 사람들을 보내주고, 위로의 말씀을 생각나게 했다. 목포 섬에서 만난 목사님의 섬김, 가족들의 걱정과 사랑이 담긴 전화, 믿음의 선배들이 건네는 응원이 나에게서 왔다는 것을 알게 되었다. 나를 만나고 안정감을 찾은 미옥이는 자신의 소명이 대학생들에게 복음을 전하는 것임을 받아들였다.

"모든 것이 은혜입니다."

미옥이는 꿈을 이루었다. 내가 예비했던 축복을 받고 행복해하는 딸을 보니 기쁘기 그지없었다. 성실하고 믿음 있는 남편과 착하고 귀여운 두 딸을 얻고 사랑이 넘치는 행복한 가정을 이루었다. 살기 힘든 아프리카 땅에서 불평하지 않고, 나를 기쁘게 하겠다고 열심히 캠퍼스를 누비고 땀을 흘리며 성경공부를 하는 모습이 대견스럽다. 그런데 시간이 갈수록, 사람들의 인정과 칭찬을 바라고 눈에 보이는 신앙의 열매를 바라는 마음이 들어왔다. 평범한 사람들처럼 재미있고 편하게 살고 싶어하는 마음도 생겼다. 홀로 사역을 감당하며 외로움을 느꼈다. 미옥이가 지쳐가는 것을 알았다.

나는, 미옥이가 스스로 선택하기를 기다렸다.

이제 미옥이는 많이 성장했다. 나에 대해서 많이 알고, 나의 마음도 짐작할 줄 알았다. 우선 이 딸이 하고 싶은 것을 하게 해 주고 싶었다. 쉬고 싶어 하니 쉬게 누었다. 한국에서 6개월, 캐나다에서 2년을 쉬고 그동안 하고 싶었던 것을 하도록 했다. 그토록 보고 싶어 하던 고향의 봄도 만끽하고 대학에 가서 공부도 하고 일도 시작했다. 미옥이가 나의 사랑을 느끼고 다시 나를 가장 사랑하기로 결정하리라 믿었다.

나는 늘 미옥이와 함께 하고 있었고 선한 길을 예비하고 있었다. 내 딸이 간호조무사 공부를 하고 일을 하면서 지치고 공허해지는 것을 보았다. 안쓰러웠다. 미옥이는 새로운 환경에서 마음이 힘들어진 자신의 딸을 보면서 무엇이 중요한지를 돌아보게 되었고, 일을 그만두기로 결정했다.

힘든 상황에서 나를 믿고 자신의 삶을 나에게 맡기는 모습을 보니 흐뭇했다. 나는 이 결정을 축복하기로 했다. 남편에게 좋은 일자리를 허락했고, 새로운 곳에서 자유롭게 나를 찾도록 인도했다. 미옥이는 조금씩 나에게 집중하고 있다. 다시 자신의 사명을 찾고 있다. 나의 말에 귀 기울이고 나의 도움을 구하고 있다. 이 딸이 순수한 마음으로 나를 따르고 사랑하며, 이웃들에게 진정한 사랑과 위로를 건네는 자가 될 것을 믿는다. 우리 미옥이는 그런 딸이다.

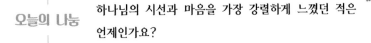

오늘의 나눔   하나님의 시선과 마음을 가장 강렬하게 느꼈던 적은 언제인가요?

너희를 향한 나의 생각을 내가 아나니
평안이요 재앙이 아니니라
너희에게 미래와 희망을 주는 것이니라.

예레미야 29장 11절

5.
지금처럼

김영주

　눈부신 햇살을 닮은 미소를 가질 영주는 8월이 가장 좋겠다. 두 배의 사랑을 받고 두 배의 성장을 할 테니 태어날 날짜는 8의 두 배인 16일이다. 영주의 성장을 위해 헤쳐 나가야 할 험한 풍파를 예비했지만, 또 내가 준비한 이들 덕분에 잘 이겨낼 것이다. 그리고 나의 사랑하는 자녀가 될 것이다.

　죽음을 배우기엔 어릴 수도 있지만 영주는 아빠와 이생에서의 이별을 했다. 그리고 건강이 급격히 나빠진 엄마와도 잠시 떨어져 지내며 동생을 돌보았다. 영주는 소녀 가장이 되는 것이 아닐까 슬퍼했다. 하지만 말랑말랑했던 영주는 단단해졌고 어느 날 깨달았다. 내가 영주를 지키고 있다는 것을 말이다.

　일찍이 취업의 길을 선택한 영주는 세상의 유혹과 쾌락에 빠져 조금씩 나와 멀어졌다. 내 마음이 조마조마했다. 방황하는 영주를 그냥 보고 있는 것은 힘들었지만 영주는 반드시 돌아올 것임을 알기에 참고 기다리기로 했다. 다만 영주가 극단적인 선택만은 하지 않도록 이끌었다. 후에 영주는 자신과 비슷한 이들을 이해해 주고 필요한 조언을 해 주며 사람 살리는 일을 하게 될 테니까.

드디어 영주가 다시 내 품으로 돌아왔다. 영주가 찬양하며 눈물을 흘릴 때 나 역시 눈물을 흘렸다. 나를 위해 찬양을 준비할 때의 모습은 참으로 눈부시다. 반짝거리는 눈빛으로 찬양을 부르는 영주의 모습은 너무 사랑스럽다.

하지만 강한 믿음으로 키우기 위해 영주를 더 넓은 세상으로 보냈다. 그곳에서 영주의 믿음 성장을 위해 준비해 둔 자들을 만나게 했다. 그리고 깨달았다. 내가 얼마나 영주를 사랑하는지, 그동안 얼마나 많이 기다렸는지, 얼마나 많은 것을 준비했는지.

이제 영주는 힘들 때 나를 찾고 찬양을 하며 내 음성을 듣고자 기도한다.

그래도 순탄한 길만 가게 할 수는 없었다. 시련을 통해 영주의 믿음을 더욱 강하게 하고 영주가 내게 더 가까이 오도록 이끌어야 했다. 어느 순간부터 영주는 시련이 오면 내게 이런 질문을 하기 시작했다.

'이번에 제가 깨달아야 하는 것은 무엇이에요? 어떤 성장을 이루실지 기대됩니다.'

딸아, 너는 나의 사랑하는 딸이다.

내가 너를 통해 기뻐한다.

너는 잘하고 있다.

지금처럼 나를 사랑하면 된다.

너의 그 마음을 내가 다 알고 있고, 내가 다 보고 있다.

걱정하지 마라. 내가 너와 함께한다.

내가 너와 함께한다.

내 마음은 변치 않는다.

오늘의 나눔 힘들었던 일을 떠올려보세요. 그리고 시련을 주신 주님의 뜻을 생각해 보세요.

그러므로 우리가 긍휼하심을 받고
때를 따라 돕는 은혜를 얻기 위하여
은혜의 보좌 앞에 담대히 나아갈 것이니라.

히브리서 4장 16절

6.
천천히, 조금씩

조미선

1978년 7월 무더운 여름의 시작, 예수님을 믿지 않는 가정의 성실한 아버지와 사춘기 시절 예수님을 만난 사랑이 많은 어머니를 통해 미선이는 세상에 태어날 계획이었다. 두 사람이 만나 가정을 이루며 또 다른 삶을 알아가고 깨달아가듯, 미선이도 훈련의 과정을 통해 다듬어지고 성숙되어 선한 도구로 쓰임 받을 계획이었다.

20대의 미선이는 부모님과의 갈등으로 힘들어하면서 결혼을 선택으로 독립을 했다. 미선이는 다짐했다.

'아이들에게 스스로 선택할 수 있는 기회들을 주며 가정에서만큼은 평안함과 쉼을 누리게 해줄 거야', '남편을 잘 돕는 아내로 자녀들에게는 행복한 부부의 모습을 보여줄 거야.'라고 말이다. 나는 미선이 안에 사랑과 성실함을 심어 주었다. 그래서 행복한 가정을 이루어 세상에 선한 영향력을 주도록 계획하고 있었다.

'내 인생은 실패했어! 어려운 환경과 우울증을 어떻게 해결할 수 있을까?'

한동안 미선이가 힘겨워하는 모습을 지켜보면서 나 역시 안타깝고 속상했다. 하지만 이 과정 속에서 미선이가 깨달아야 할 것이 있었다. 이 시간들을 잘 이겨내야만 다음 단계로 넘어갈 수 있었기에 함께 인내하며 기다려 주었다.

마흔을 지나면서 미선이는 조금씩 나의 뜻과 삶의 가치를 발견해 갔다.

이제는 자신을 넘어 가족, 주변 사람들과 관계를 잘 형성했다. 선한 영향력을 끼칠 수 있는 마음과 방법도 터득하며 시행착오를 줄여나갔다. 자신이 잘 살고 있는지 불안함과 초조함에 눈물을 글썽일 때가 많았지만, 나는 알고 있었다. 매 순간 내가 함께 하고 있었음을 미선이가 확실히 알게 될 것이라는 사실을 말이다.

미선이는 나의 믿음과 함께, 주어진 환경에 감사하고 어려움을 대하는 지혜도 얻으며 한 발자국씩 진진해 갔다.

지금까지 여러 어려움을 잘 버티고 이겨낸 것처럼,
앞으로도 미선이는 더 깊어지고 단단해지고 유연해질 것이다.
나의 뜻과 계획에 동참하여 선한 도구로 완성되어 갈 것이다.
천천히, 조금씩 앞으로 나아가는 것.
그것이 나의 자녀들을 향한 뜻이다.

한 발자국씩 천천히 전진하고 있는 내 모습을
발견했던 때는 언제인가요?

208

우리가 이 보배를 질그릇에 가졌으니

이는 심히 큰 능력은

하나님께 있고 우리에게 있지 아니함을

알게 하려 함이라.

고린도후서 4장 7절

7.
이거였구나

계절의 여왕이라 불려지는 5월, 푸름은 하늘빛처럼 싱그럽고 아름다운 꽃들이 흐드러지게 피는 5월에 수경이를 세상에 보냈다. 수경이에게 상처가 많은 부모를 허락했다. 어린 시절 엄마를 잃은 아버지와 8남매의 맏딸로 생계를 책임져야 했던 엄마 사이에서 태어난 수경이. 수경이는 아버지에게 사랑 받지 못하는 엄마의 모습을 보면서 안타까워했다. 그래서 남자에 대한 불신을 갖게 되었고 자신의 인생에 있어 결혼은 없다고 생각하면서 자랐다.

하지만 나는 수경이가, 교회에서 찬양하며 성품이 좋은 형제를 만나게 해 주었다. 그 청년과 나의 가정을 이루고 배려와 존중 받는 아내로 살 수 있도록 계획하고 있었기 때문이다. '결혼은 불행이야.'라는 생각을 '결혼은 행복이야.'로 바꿔줄 계획도 함께 말이다.

'목숨이 두 개라면 하나는 버리고 싶다.'

결혼과 동시에 시댁에서 살아온 22년. 수경이 삶의 모든 영역은 어른들과 함께해야 하는 삶이었다. 자유를 잃어버린 것 같은 수경이의 마흔 무렵, 무력감으로 힘들어하는 내 딸의 모습을 보았다. 하지만 그 순간들은 자기 성찰의 시간이 되었다. 감정 때문에 힘들어하는 이들에게 자신의 삶으로 배운 경험을 나눌 수 있는 상담가로서 수경이를 준비시키는 축복의 과정이었다.

삶의 자유를 경험하고 싶어 했던 수경이는 자신이 잘할 수 있는 유아 교육에서 그림책 놀이학교 사업을 확장하는 것에 온 열정을 쏟아 부었다. 아이들에게 줄 수 있는 가장 좋은 교육 프로그램을 찾아 비행기를 타고 제주도까지 가는 것을 마다하지 않았다. 내가 허락해 준 열정 덕분에 배운 것을 적용하고 더 깊게 연구하며 값진 시간들을 보낼 수 있었다.

수경이는 교육에 있어서만큼은 그 누구보다 앞장섰다. 교육 사업가로 성공하고 싶어 했다. 그리고 지역에서 자신이 최고의 교육을 하고 있다고 자만했던 순간, 갑자기 찾아온 육체의 고통을 통해 그동안 쌓아올린 모든 것을 내려놓아야 하는 시점에서 절망감도 느끼게 되었다.

덕분에 수경이는 '이거였구나!'라며 나의 계획을 알아차렸다. 나와 동행하며 때와 상황에 맞추어 배움의 길을 계속 걸어갔다. 책을 출간하게 되었고, 그로 인해 감정의 소중함을 알고 감정 때문에 힘들어하는 사람들을 도울 수 있는 준비를 더 단단하게 할 수 있었다.

수경아, 삶이 녹록치 않았지? 앞으로 살아갈 삶도 쉽지 않을 수 있어. 그리고 또 나를 원망할 수도 있겠지? 그래도 난 너를 이해할 거야. 눈물의 시간들을 지나고 나면 나의 뜻을 알게 될 테니까. 모든 것이 너를 위한 나의 계획이었음을 말이야. 내가 택한 나의 백성, 내가 택한 나의 딸, 그래서 넌 특별하단다.

고달프고 힘들어 할 너의 모습, 다시금 나에게로 돌아올 너의 모습, 너의 모든 모습을 지켜보고 응원할 거야. 영원히 너를 응원할 거야. 난 너의 아버지니까.

오늘의 나눔   내가 하나님의 자녀라는 것을 깨닫게 된 순간은 언제였나요?

내 이름을 경외하는 너희에게는
공의로운 해가 떠올라서 치료하는 광선을 비추리니
너희가 나가서 외양간에서 나온 송아지 같이 뛰리라.

말라기 4장 2절

8.
또 알게 될 것이다

백미정

푸른 나뭇잎들이 최고의 자신감을 보이는 8월로 정했다. 미정이는 1981년 8월 25일에 태어났다. 내가 허락해 준 인연들이 태양 또는 나무처럼 귀히 쓰임 받을 수 있도록 도와줄 아이였다. 세상 이치가 그러하듯, 나의 자녀들이 그러했듯, 그냥 이룰 수는 없는 일. 마음이 아프지만 미정이가 단단해질 수 있도록 여러 사건을 예정했다.

"아빠, 이거 사 주세요." 서점에서 자신의 아빠에게 책을 사 달라고 하는 20대 여자를 보며 미정이는 아랫배가 찌릿할 정도로 부러움을 느꼈다. 그리고 아들 셋을 키우며 다짐했다.

'나는 하나님께서 기뻐하실 만한 가정을 만들어 갈 거야. 행복한 엄마, 꿈이 있는 여자로 멋지게 살아갈 거야.'

나는, 알고 있었다. 내 품 안에서 평안한 가정을 꾸려 나갈 미정이의 모습을.

'살고 싶지 않아.'

우울과 무기력, 자책과 연민은 한동안 미정이를 괴롭혔다. 아, 나 역시 많이 괴로웠다. 검정색을 닮은 모든 감정을 없애주고 싶었다. 하지만 이 또한 나는 알고 있었다. 미정이의 눈물과 부르짖음이 자신과 비슷한 아픔을 가지고 있는 사람들을 이해하는 재료가 되어줄 것이라는 사실을 말이다.

치열한 30대를 지나 40대가 된 미정이는 드디어 내가 심어 두었던 사명의 씨앗을 발견했다. 처음엔 사명이라 여기지 못하는 미정이의 모습에 씨익, 미소를 지었다. 내 자녀들, 어느 누구나 그러했으니까.

미정이는 글쓰기와 말하기 세계를 선택한 것이 잘한 일이었나 늘 고민했다. 교만한 마음이 고개를 쳐들고, 사람들과의 관계에서 억울함과 분노를 느끼고, 인정과 성공의 욕구 때문에 힘들어 했다.

그리고 미정이는 어느 순간 '아.' 짧은 감탄사와 함께 깨닫게 되었다. 내가 계획한 일이었음을. 글쓰기와 말하기는, 나와 자신을 연결해 주고 자신의 본심을 들여다보며 사람들에게 나를 알릴 수 있는 최적의 도구임을 말이다.

또 힘든 일들은 예비 되어 있다.
또 똑같은 고민과 마주하게 될 것이다.
또 자신의 선택에 헷갈려할 것이다.
그리고 또,

알게 될 것이다.

나의 뜻과 마음을.

내가 선택한 내 자녀들은 그러했다.

오늘의 나눔 내 인생 모든 것을 설계해 두고 계셨던 하나님께 지금 드리고 싶은 말씀은 무엇인가요?

내가 가는 길을 그가 아시나니
그가 나를 단련하신 후에는
내가 순금 같이 되어 나오리라.

욥기 23장 10절

9.
씩씩한 내 딸 가을을 닮은 내 딸

김경아

울긋불긋 단풍이 자신만의 빛깔을 만들어가고 있는 싱싱하고 아름다운 가을, 씩씩함을 상징하는 10월 1일 국군의 날은 경아의 탄생일이기도 하다. 경아의 씩씩함도 자신만의 색깔로 나타내며 성장해 가길 원하는 나의 마음을 전한다.

10대의 경아에겐, 혼자서 씩씩하게 모든 일을 해결해 가야 하는 상황들이 생긴다. 끼리끼리의 문화에서 외로움을 느끼지 않는 여유로움, 따라 갈 수 없는 학업을 거뜬히 극복하는 자신감이 멋지다. '나'라는 존재의 가치를 내면에서 인정해 가는 과정을 통해 방황에도 의미를 부여하는 경아는 인생길에서 만나는 사람들의 소중함을 알게 되고, 어느 것 하나 버릴 것 없는 소중한 삶이라는 사실도 깨닫게 된다.

교회, 집, 유치원. 세 곳의 울타리가 경아의 20대를 든든히 세워 준다. 정신없는 평범한 일상을 잘 살아내는 모습, 대견하다. 경아는 자신의 가능성을 보게 되지만 어떤 일을 결정함에 있어 무엇이 최선인지 고민도 한다. 결정에 따른 결과에 좌절하기도 하고, 기뻐하기도 한다. 그러나 이 모든 것이 나를 통해서 이어져 가고 있다는 소중한 깨달음을 얻게 된다.

30대와 40대만이 누릴 수 있는 의미 있는 열정을 통해 한 번 더 든든히 세워져 갈 경아의 모습을 발견했다. 귀한 두 딸을 양육해 가면서 그러했고, 신랑과 함께 우리만의 유치원이라는 공간에서 펼친 좋은 영향력 또한 그러했다. 교회학교 교사로서 인생 최대치의 열정을 쏟아 붓기도 했다. 열정만큼이나 좌절도 컸지만 여전히 경아는 이 땅 가운데 나의 자녀로 내 품 안에 있다는 사실을 다시금 깨닫게 된다.

시간은 흐른다. 경아의 삶도 흐른다.
살아온 인생의 열정과 의미만큼, 살아갈 인생의 고민과 선택 앞에 방황하게 될 것이다. 그러나 다시 일어설 수 있는 다양한 모습과도 마주하게 될 것이다. 내가 경아의 미래 인생길에 부여해 놓은 삶의 의미와 가치를 마주하며 씨익 웃을 경아를 떠올려 본다. 내가 선택한, 단한 명도 똑같지 않은 소중한 모든 자녀들이 그러했다. 내 딸 경아도 그러할 것이다. 씩씩한 내 딸, 가을을 닮은 내 딸 경아는 그러할 것이다.

오늘의 나눔

내 인생의 미래 설계를 위해 나는 어떤 노력을 하고 있나요? 그 노력과 계획들이 하나님과의 충분한 대화로 진행되고 있나요?

우리가 살아도 주를 위하여 살고

죽어도 주를 위하여 죽나니

그러므로 사나 죽으나 우리가 주의 것이로다.

로마서 14장 8절

10.
내 은혜의 언약이다

임미영

가을의 정점을 찍고 겨울 길목에 서게 되는 11월. 존재만으로 뜨거운 기쁨을 안겨 줄 미영이! 가문에 회복을 선사할 미영이를 세상으로 보냈다.

미영이의 엄마는 난산의 고통을 겪다가 그녀의 첫아이를 잃어버렸다. 복중에서 열 달을 키우고 제대로 품에 안아보지도 못한 것이다. 미영이 부모는 생명을 잃어버린 아픔이 있었기에 미영이가 살아 숨 쉬는 것만으로도 감격하며 기쁨을 느꼈다. 유복하지 않아도 미영인 그 사랑 안에서 풍요함을 경험했다. 특히, 미영이 아버지는 좋은 아버지가 되길 꿈꾸며 남다른 사랑을 주었다.

미영이는 결혼하기 3년 전 엄마를 잃게 되었다. 그리고 미영인 결혼을 한 후, 인생 최대의 힘겨운 시간들을 겪었다. 재정적으로도 어렵고,

부부간 갈등도 겪게 된다. 돌아가신 엄마를 그리워한다.

하지만 미영이는 일어선다. 엄마 없이 커가는 아이들을 보며 남다른 긍휼의 마음을 갖는 사람이 된다. 자녀들을 키우면서는 나의 사랑을 더 깊이 깨닫고 감사하게 되었다. 미영이는 인생의 모든 문제를 자신의 힘으로 해결할 수 없음을 고백하고, 스스로 예배의 자리로 나아왔다.

이 시간이야말로 미영이를 향한 나의 부름의 시간, 은혜의 시간이었다. 세상의 눈으로 바라볼 때는 결핍의 정점에 놓여있는 빈곤의 시간 같았으나 실상은 지극히 부유한 때였다. 그리고 미영이 육의 아버지의 사랑은 나의 특별한 예비함이었음을 깨닫게 된다. 미영이가 하나님인 나를 인정하고 받아들일 때, 육의 아버지가 투영이 되어 나를 더 신뢰하고 사랑하는 자가 되었다. 그 사랑을 알고 있었기에 성인이 된 후의 고난을 이길 힘을 갖게 된다.

나는 미영이에게 가르치는 은사를 주었다. 10년은 초·중·고 아이들 대상으로 수업을 하게 하고, 10년은 회사에서 사내강사로 다양한 연령층의 사람들에게 강의 및 상담을 하게 했다. 어린아이부터 청소년, 청년, 중·장년에 이르기까지 다양한 사람들을 만나 각 세대를 알게 하는 경험을 주기 위한 내 계획이었다. 나는, 강의와 상담을 통해 모든 세대를 만나고 각 개인과 가정을 살리는 사역자로 미영이를 불렀다. 미영이가 결혼 후 겪었던 여러 일을 통해 아픈 자들을 깊이 안아주고 일으키도록 준비시킨 것이다.

"내가 하리니, 너는 되리라."

나는 미영이가 나의 주권을 인정하는 참예배자로 서길 원한다.

나와 온전히 연합하여 나의 일을 미영이를 통해 이루어 나가기를 원한다.

오직 내가 이루고 내 뜻한 바대로 될 것이니 이것이 미영이를 향한 내 은혜의 언약이다.

오늘의 나눔 여러분의 삶 중에서 하나님의 관점으로 바라보았을 때 새롭게 보이는 것은 무엇인가요?

여호와를 경외하는 것이 지혜의 근본이요

거룩하신 자를 아는 것이 명철이니라.

잠언 9장 10절

나/가/는/글

경수경

초등부 선생님들에게.

코로나 때 초등부 봉사를 시작한 저에게

하나하나 섬세하게 알려주시면서

사랑으로 이끌어주신 선생님들의 소중함을 다시 한 번 느낍니다.

보배로운 선생님들의 값진 교사 소명이 하늘에 닿아지길 바라요.

사랑하고 축복합니다.

김경아

하나뿐인 내 동생에게.

가깝다, 다 안다 생각하고

자주 소통하지 못했구나.

이 책과 함께

너의 소중함을 다시 느끼며,

고마움을 전해 본다.

너를 향한 내 마음이 잘 담겨 있기를 바라며….

김미옥

Truman.

나를 있는 그대로 사랑해 주어 고맙습니다.

나의 가장 소중한 친구,

당신에게

감사와 사랑을 전합니다.

김영주

언제나 응원해주고 격려해주는 사랑하는 그대.

내가 이렇게 성장할 수 있었던 것은 그대가 있었기 때문입니다.

그리고 앞으로 우리는 서로를 어떻게 더 성장시킬지 기대가 됩니다.

믿고 기다려줘서 고마워요.

사랑하고 또 사랑해요.

백미정

엄마, 그 힘든 세월 다 견디고

우리 딸 셋 잘 키워주셔서 감사합니다.

이 책과 함께,

엄마의 인생에 존경과 감사를 보내드려요.

유명순

민규 어머님의 권유로 백미정 작가님의 지도아래
책을 쓰게 되어 감사드립니다.

사랑하는 조카 미정아!
내려갈 때까지 다 내려간 것같이 보이는 우리 인생사에서도
하늘은 열려 있다고 믿는단다.
우리 함께 기도하자.
어린 시절 신앙생활하다 쉬고 있는 너를
하나님은 변함없이 사랑하시고
네가 돌아오길 기다리고 계신단다.
회복의 은혜가 하루 빨리 임하길 간절히 소망한다.

임미영

정미야!
귀하고 놀랍고 아름다운 주님의 사랑을
진하게 느끼는 2024년 되길,
하나님의 존귀한 딸로
주님의 거룩한 신부로 든든히 세워지길 기도할게!

전숙향

사랑하는 조카에게.

언제나 밝고 환한 미소로 기쁨을 주는 네가 있어, 늘 듬직하고 고마워.

너를 향한 하나님의 사랑 꼭 받아 누리길 간절히 소망하고 기도할게!

조미선

사랑하는 부모님께.

그동안 하지 못했던 저의 속마음을 이 글을 통해 꺼내봅니다.

이제는 가정을 이루고 아이들을 키우면서

이해가 되고 깨닫게 되었습니다.

그동안 자녀들을 위해 애써주심에 감사한 마음을 담아 전해드립니다.

사랑합니다!

홍효정

사랑하는 아들과 딸에게.

하나님의 사랑과 은혜가

너희들 삶에 항상 함께 하심을 감사해.

하루의 매순간을 선물같이,

기쁘고 감사하며 살아가길 기도한다.